I0634840

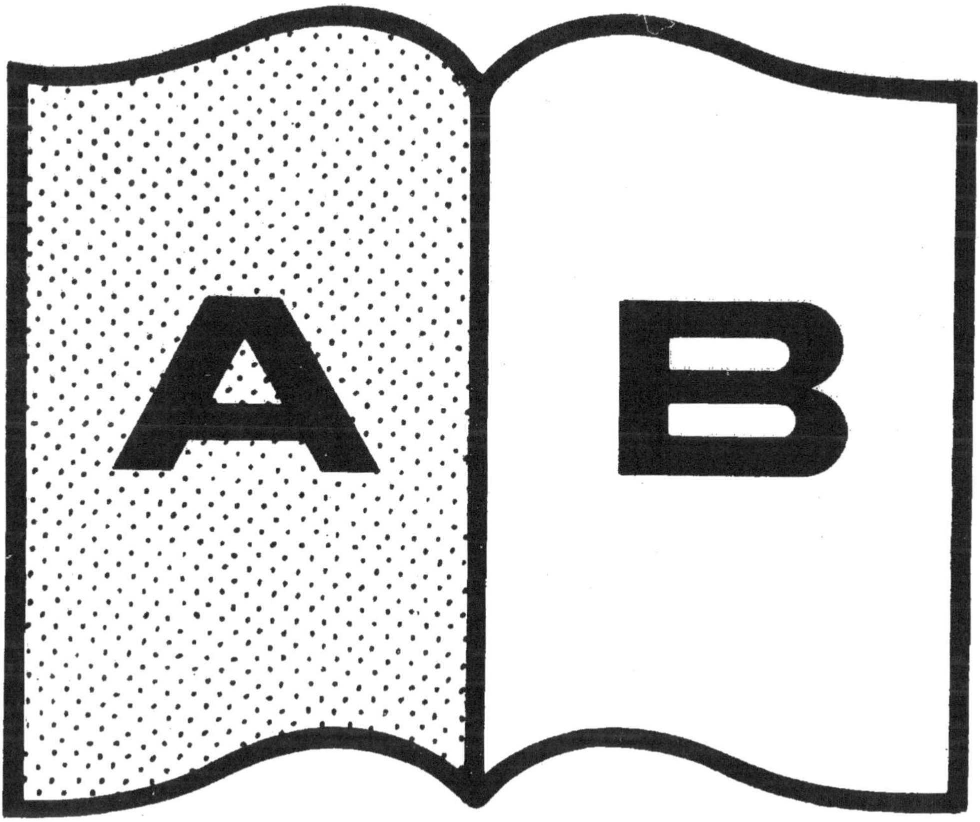

Contraste insuffisant

NF Z 43-120-14

LÉON BLANCHIN

Blessé rapatrié

Enfants d'hier
Héros d'aujourd'hui

ILLUSTRATIONS DE LEVEN ET LEMONNIER

PARIS

LIBRAIRIE DELAGRAVE

15, RUE SOUFFLOT, 15

Enfants d'hier
Héros d'aujourd'hui

LÉON BLANCHIN
BLESSÉ RAPATRIÉ

Enfants d'hier
Héros d'aujourd'hui

ILLUSTRATIONS DE LEVEN ET LEMONNIER

PARIS
LIBRAIRIE DELAGRAVE
15, RUE SOUFFLOT, 15

1917

Enfants d'hier, Héros d'aujourd'hui.

PREMIÈRE PARTIE
AVANT LA GUERRE

CHAPITRE PREMIER
PROJETS D'AVENIR

1. Après-midi d'été. — 2. M. Gaspard. — 3. Jacques et Blondinette.

Allongé dans un vaste fauteuil posé près de la fenêtre aux volets bien clos, Charles Vaillant, porion à la fosse 12 de la concession des mines d'Anzin, profite du dimanche pour se délasser en faisant la sieste.

Le tic tac monotone de la vieille horloge perdue dans un coin de la salle à demi éclairée, le souffle du dormeur, le bourdonnement des mouches, troublent seuls le grand silence d'une chaude après-midi d'été propice au sommeil.

Coucou! coucou! coucou! coucou! coucou!

Cinq heures sonnent à la vieille horloge.

Le dormeur a ouvert les yeux. Il s'éveille et s'étire.

Son journal est tombé à ses pieds au moment où il s'est assoupi.

Il le ramasse. Il retire ses lunettes et les pose sur le rebord plat de la fenêtre.

Coucou! coucou! coucou! coucou! coucou!

Pour la seconde fois l'oiseau de bois est apparu.

« Déjà cinq heures! murmure Charles Vaillant. J'ai fait un bon somme. La femme et les petits ne doivent certainement pas être encore rentrés, je n'entends aucun bruit dans la maison. Les deux enfants ont dû supplier leur mère de les conduire à la ducasse. Ils en mouraient d'envie. Trop faible comme toujours, elle aura cédé. »

Ces deux enfants, une fillette de onze ans, Germaine, et Jacques, un grand garçon de quatorze ans, le porion les adorait. On ne pouvait d'ailleurs voir deux petits plus doux et plus affectueux, des frères et sœurs plus unis.

Germaine, toute mignonne, menue et fluette, avait de beaux cheveux d'or. Son père l'avait appelée un jour Blondinette, et le nom lui était resté.

Quant à Jacques, très grand pour son âge, c'était un brave garçon qui cachait des trésors de tendresse sous des dehors un peu froids. Intelligent, énergique et travailleur, il tenait toujours la tête de sa classe.

Entre sa femme, épouse dévouée, ménagère propre, économe, ordonnée, et ces deux charmants enfants, aimants et respectueux, Charles Vaillant vivait heureux.

Le porion s'est levé.

Il ouvre la fenêtre en prenant bien soin de ne pas froisser les beaux rideaux blancs, le grand luxe des demeures, même les plus humbles, dans la région du Nord.

Les contrevents poussés, il traverse la grande salle à manger, posant avec précaution ses pieds sur les carreaux au rouge vif, couverts de sable fin.

C'est que la mère, comme il appelle familièrement sa femme, est orgueilleuse de son intérieur où la propreté la plus minutieuse règne en maîtresse, et elle serait contrariée de trouver en rentrant la moindre trace de désordre.

Charles Vaillant s'approche du buffet, long meuble en bois blanc verni qui tient toute la largeur de la salle. Des assiettes et des plats anciens, aux dessins rustiques, aux teintes passées, quelques vases remplis de fleurs, en ornent le dessus.

« En les attendant, monologue Charles Vaillant, je vais goûter. »

Le porion a sorti du buffet un morceau de pain, du fromage, un pot de bière. Il commence sa collation.

Ding! ding! ding!

« Ah! ah! Voilà nos retardataires. Ils s'amusent à carillonner pour me réveiller. Ils vont être bien surpris en me trouvant attablé. »

Personne n'est entré cependant, et l'on sonne encore.

« C'est peut-être une visite! Je vais aller voir. »

*
* *

Un homme de haute taille, légèrement chauve, pénètre dans la salle à manger, précédant le porion. Celui-ci, que cette visite imprévue paraît émouvoir, avance une chaise en bredouillant :

« Asseyez-vous, monsieur l'ingénieur. »

Le visiteur auquel Charles Vaillant parle avec tant de déférence n'est autre, en effet, qu'un ingénieur aux mines d'Anzin, M. Gaspard, un brave homme qui s'intéresse au sort de ses ouvriers, leur prodiguant à tout instant les conseils, les aidant souvent de sa bourse lorsqu'il les sait dans une misère imméritée. Il est le chef, mais un chef que l'on aime, que l'on vénère.

Le porion se précipite pour enlever pot, fromage et pain. L'ingénieur l'arrête du geste.

« Ne touchez à rien, Vaillant. Excusez-moi de venir vous déranger ainsi un dimanche. Je veux d'ailleurs vous exposer rapidement le but de ma visite. Vous n'ignorez pas quel intérêt je porte à votre fils. Vous savez comme j'ai toujours suivi avec plaisir ses efforts et ses progrès. Très souvent j'ai parlé de lui avec M. Dubail, le si dévoué directeur de notre école communale, qui le considère comme un sujet d'élite. Jacques possède l'intelligence et l'amour du travail, deux choses nécessaires pour s'instruire et pour réussir. Nous voici à la fin de l'année scolaire. Le petit va terminer sa deuxième année de cours complémentaire et, d'après ce que M. Dubail m'a appris hier, vous avez l'intention de lui faire quitter l'école. Est-ce exact?

— C'est exact, monsieur l'ingénieur.

— Que comptez-vous faire de lui?

— Un mineur comme moi. De père en fils, dans la famille, on travaille sous la terre. La mine est pour nous comme la mer pour le marin. Malgré les fatigues, les risques, les dangers du métier, peut-être même à cause de tout cela, on arrive à ne pouvoir se passer de cette vie. C'est dans le sang. Il me semble, monsieur l'ingénieur, que le petit nous renierait tous, moi son père, les vieux grands-parents, les arrière-grands-parents, s'il se décidait à choisir une autre profession.

— J'aime aussi notre mine, Vaillant, et je comprends qu'il vous soit agréable de voir Jacques commencer l'apprentissage de votre dur métier. Il est encore jeune cependant.

— J'avais onze ans, monsieur l'ingénieur, quand je suis descendu pour la première fois dans le trou. Un peu plus tôt, un peu plus tard, ne faudra-t-il pas toujours en arriver là? Depuis assez longtemps il va à l'école, et il n'est pas nécessaire, je pense, d'avoir beaucoup d'instruction pour arracher du charbon.

— L'instruction n'est jamais nuisible. Si vous n'aviez pas été un peu plus instruit que les autres, Vaillant, vous ne seriez pas aujourd'hui contremaître.

— Cela est vrai, monsieur l'ingénieur, mais Jacques en sait dix fois autant que moi et j'ai dû déjà renoncer à mettre le nez dans ses devoirs et ses leçons.

— Vu ses aptitudes, vous devriez cependant, Vaillant, lui permettre de continuer ses études.

— Pour quoi faire, monsieur l'ingénieur?

— Pour l'élever, pour lui donner une situation autre que celle d'ouvrier.

— A chacun sa place, monsieur l'ingénieur. Je suis ouvrier, mon fils le sera. De l'instruction? Pour en faire un monsieur qui aura honte de moi s'il réussit, un déclassé, un mécontent, s'il échoue!

— Mon grand-père était mineur, Vaillant, et moi je suis ingénieur. Loin de rougir de mes origines, j'en suis fier, au contraire.

Vous méconnaissez votre fils, un brave petit homme qui n'oubliera jamais, quelle que soit sa situation, que c'est à vous qu'il la doit. A chacun sa place, Vaillant, vous aviez raison de le dire. Celui qui ne peut être qu'un ouvrier doit rester un ouvrier, celui qui peut faire mieux doit faire mieux. Il y va de l'intérêt de l'individu, il y va aussi, et surtout, de l'intérêt de la société. Celle-ci, pour qu'il y ait progrès, a besoin de l'utilisation intelligente de toutes les capacités. Tel fils d'ingénieur ne pourra succéder à son père faute de moyens intellectuels, tel fils d'ouvrier pourra devenir ingénieur.

— Mon fils ingénieur ! C'est beaucoup !

— Pourquoi pas, Vaillant ? Si nous ne pensions pas, monsieur Dubail et moi, que Jacques peut et doit réussir, je ne serais pas venu vous trouver aujourd'hui. Nous serions coupables si nous ne vous disions pas : « Il faut que cet enfant profite et fasse profi- « ter la société des dons que la nature lui a légués. » Nous serions coupables si nous n'ajoutions pas : « Nous aiderons à son succès. »

« Si j'ai tant différé à vous parler de l'avenir de Jacques, c'est que je voulais savoir exactement de quoi celui-ci était capable. La décision que vous avez prise au lendemain du jour où notre coura- geux petit bonhomme était reçu avec le numéro un au concours des écoles primaires supérieures m'oblige à provoquer cet entretien, que je pensais remettre au mois d'octobre.

— Quels seraient donc vos projets, monsieur l'ingénieur ?

— Jacques continuerait ses études et se présenterait dans trois ou quatre ans à l'école des mines de Saint-Étienne. Nous serons là pour le guider, je vous le promets. Que décidez-vous ?

— Vous pouvez mieux que moi juger de toutes ces choses, mon- sieur l'ingénieur, et je sais que l'intérêt seul de l'enfant vous guide. Mon gars, d'ailleurs, ne quittera pas la mine. J'accepte donc. La mère, j'en suis sûr, sera bien contente. Sans qu'elle m'en parle, j'ai deviné qu'elle avait cette très naturelle ambition pour son fils. Moi, je l'avoue, j'étais un peu effrayé. Le petit est studieux, mais je ne pouvais le croire capable d'arriver jusque-là. Je vous remer- cie beaucoup, monsieur l'ingénieur, et je n'oublierai jamais votre sollicitude pour mon Jacques.

— Ne me remerciez pas, Vaillant, j'ai rempli mon devoir. »

*
* *

Ding! ding! ding!

La porte d'entrée s'est ouverte.

Des cris joyeux d'enfants animent la maison, si calme un instant plus tôt. Mme Vaillant rentre avec Jacques et Blondinette.

Les deux enfants se sont arrêtés à la porte de la salle à manger, subitement silencieux, un peu interloqués.

« Bonsoir, monsieur l'ingénieur, dit Jacques en tremblant.

— Bonsoir, Jacques; bonsoir, petite. Je viens, madame Vaillant, de causer longuement avec votre mari. Nous avons préparé l'avenir de votre fils.

— M. l'ingénieur m'a convaincu de la nécessité de laisser Jacques continuer ses études. Il paraît que ce gamin peut aller loin, devenir ingénieur.

— Est-ce possible?

— Mais oui, madame, et je suis certain que Jacques ne demandera pas mieux. »

L'ingénieur s'est tourné vers l'enfant, dont les yeux brillent de joie.

« Es-tu content, petit?

— Oh! oui, monsieur l'ingénieur, c'était mon rêve. »

M. Gaspard s'est penché sur Blondinette, qu'il embrasse.

« Toi, Blondinette, tu seras plus tard une bonne ménagère, une bonne maman comme celle que tu as le bonheur de posséder. Allons, au revoir, madame, au revoir, Vaillant. Nous nous reverrons pour examiner les détails de cette entreprise qui vous effrayait tant. »

L'ingénieur est parti. Charles Vaillant l'a accompagné jusqu'à la porte. Il trouve, en rentrant, le fils dans les bras de l'heureuse mère.

Celle-ci regarde son mari, et doucement elle murmure :

« Vois-tu, Vaillant, la destinée des enfants n'est pas nécessairement la même que celle des parents.

Le porion a posé ses deux mains solides sur les épaules de son fils.

« Peut-être, Jacques, seras-tu un jour mon chef! »

Le petit a deviné chez son bon papa une appréhension pour l'avenir.

Il lui prend les deux mains et les couvre de baisers.

« Quand je serai ingénieur, dit-il gravement, tu ne seras plus mineur. Et quand bien même tu travaillerais encore, tu seras toujours pour moi le bon père qui m'a élevé, gâté, aimé, celui à qui je ne pourrai jamais rendre tout ce qu'il a fait pour moi. »

CHAPITRE II

LE COUP DE GRISOU

1. Soirée d'hiver. — 2. La catastrophe. — 3. Orphelins.

Deux années se sont écoulées depuis le jour où a été décidé le sort de Jacques Vaillant.

Ce dernier suit maintenant les cours de l'école primaire supérieure. Il s'y montre encore un élève extraordinairement doué et travailleur sur lequel les professeurs ne tarissent pas d'éloges.

Le porion ne regrette plus de s'être laissé convaincre.

« Vous aviez raison, monsieur l'ingénieur, répète-t-il souvent à M. Gaspard, mon gars ira loin. »

Il ne dit plus aujourd'hui : « A chacun sa place. » Il n'en est pas de trop belle qu'il ne rêve pour son fils.

Plusieurs fois par semaine Jacques va voir M. Gaspard, qui a mis à sa disposition sa bibliothèque, bien fournie en livres de sciences, et surtout son savoir et son expérience.

Il est devenu un visiteur assidu de la maison de l'ingénieur, où chacun le reçoit avec une grande cordialité.

M. Gaspard adore son protégé. Mme Gaspard affectionne ce garçon calme, toujours un peu froid, dont elle a su deviner les belles qualités de cœur.

Quant à Odette, la fille unique de ces braves gens, elle ne sait pas cacher tout le plaisir qu'elle éprouve à voir souvent celui qui est devenu son grand ami Jacques.

Blondinette accompagne fréquemment son frère. Ces jours-là, la grande demoiselle de quinze ans consent à abandonner ses livres, la correspondance avec ses amies, pour jouer à la poupée avec la petite fille de treize ans.

Décembre est revenu avec son long cortège de froid et de frimas et, depuis une huitaine, la neige tombe à gros flocons serrés, couvrant le sol et le toit des maisons d'une épaisse couche d'ouate blanche.

Tout est bien clos ce soir, et, le poêle ronflant agréablement, on se sent heureux chez soi, à l'abri de l'âpre bise d'hiver et des aveuglantes rafales de neige.

Mme Vaillant raccommode du linge, Blondinette fait ses devoirs, Jacques est plongé dans des calculs longs et ardus.

La maman s'est arrêtée de coudre. Elle contemple en silence ses deux enfants et sourit doucement, heureuse.

L'avenir ne lui inspire aucune crainte. Le père et la mère pourraient disparaître tous les deux, sa Blondinette ne resterait pas sans aide. Le bon Jacques saurait remplacer les parents auprès de la fillette, qui s'appuierait avec une aveugle confiance sur son bras protecteur.

L'avenir ne lui fait pas peur, pour ses petits tout au moins.

Elle tremble cependant bien souvent, sans jamais rien communiquer de ses alarmes à personne, en pensant au pauvre papa continuellement exposé aux dangers du travail souterrain. Comme la femme du pêcheur qui cache ses larmes quand s'embarque son mari, elle aussi essuie furtivement les siennes chaque fois que Charles Vaillant part pour la mine.

*
* *

Ce soir, comme à l'ordinaire, elle se perd dans ses tristes pensées.

Tout à coup on carillonne à la porte.

Blondinette s'est levée pour aller ouvrir.

Mme Vaillant s'est dressée, toute pâle.

Jacques la regarde, effrayé.

« Qu'as-tu, mère? Pourquoi cette pâleur soudaine?

— J'ai peur, Jacques, j'ai le pressentiment d'un malheur. »

Un pas lourd ébranle le corridor, un mineur entre.

« Bonsoir la compagnie, » dit-il en soulevant son chapeau de cuir bouilli.

Il fixe Jacques.

« Viens avec moi, petit, M. Gaspard te demande.

— Un accident est donc arrivé, Convent? Vaillant est blessé peut-être? Vaillant est... »

La malheureuse femme s'arrête, n'osant achever sa terrible pensée.

Le mineur la regarde, hésite une seconde.

« M. Gaspard demande Jacques, je ne sais pourquoi, répond-il brusquement.

— M. l'ingénieur veut sans doute, maman, me montrer un nouvel appareil qu'il attendait et qu'il aura reçu aujourd'hui. »

Pauvre Jacques! Tu essayes, mais vainement, de rassurer ta mère, de te rassurer peut-être toi-même. Dans les yeux du mineur tu as lu qu'il y avait quelque chose.

« Une explosion de grisou à la fosse 11! crie-t-on dans la rue. Le feu est à la mine! »

On perçoit des rumeurs lointaines, des cris, des plaintes; on entend tout proche le bruit d'une course éperdue.

Mme Vaillant s'est précipitée vers la porte. Elle aussi veut aller voir.

Jacques se jette devant elle pour l'empêcher de sortir.

« Reste ici avec Blondinette, maman, dit-il avec autorité, je vais à la mine. Père ne travaillait pas dans cette fosse, tu le sais bien, il est donc inutile de t'inquiéter. »

Mᵐᵉ Vaillant s'est écroulée sur une chaise; semblable au naufragé qui saisit la première épave venue, elle se raccroche à cet espoir.

« C'est vrai, Jacques, tu as raison, » murmure-t-elle faiblement.

Elle se tourne vers le mineur.

« Ne saviez-vous rien de l'explosion, Convent?

— Je ne savais rien, madame. »...

Le brave garçon s'est hâté de sortir pour cacher son trouble. Jacques le suit, sans même prendre la peine d'endosser son pardessus.

Les voici tous les deux dans la rue. Ils font quelques pas dans le noir.

Jacques s'est arrêté.

« Ne me caches-tu rien, Convent? interroge-t-il anxieusement.

— M. Gaspard désire te voir... Du courage, Jacques !

— Du courage ! Un malheur est donc arrivé à mon père? Il est blessé... tué?

— Du courage, Jacques ! Il t'en faut... pour toi,... pour ta mère,... pour ta petite sœur.

— Mon père est mort!

— Pauvre Jacques! Pauvre petit gars! »

Le mineur a pris le bras du jeune homme. Celui-ci se laisse conduire. Il écoute à peine ce que lui dit l'ouvrier, qui raconte la catastrophe. Il marche comme un fou, répétant machinalement ces mots :

« Mon père est mort! »

Un coup de grisou s'était produit à la fosse 11, dans un chantier d'abatage, tuant presque tous les mineurs qui se trouvaient là.

Le feu avait gagné la galerie et se propageait avec une grande rapidité, menaçant d'atteindre les galeries voisines et de couper le chemin aux ouvriers épargnés par l'explosion.

Charles Vaillant venait de remonter, sa journée finie, quand le sinistre avait éclaté.

Sans hésiter, il était descendu aussitôt dans la fosse 11, accompagné des mineurs de son équipe, pour voler au secours de ses camarades.

Guidés par M. Gaspard qui s'était mis à leur tête, tous s'avançaient au-devant du fléau.

Ils étaient à une vingtaine de mètres de l'endroit où s'était produite l'explosion. Aucun être humain ne paraissait plus se trouver dans ce coin maudit. Soudain, à quelques mètres d'eux, quelqu'un vient de pousser un cri qui n'a plus rien d'humain, un hurlement d'agonie, un appel désespéré.

« Il y a des hommes... là,... dans un renfoncement, a crié le porion.

— Ils se sont sans doute réfugiés dans une galerie abandonnée, répond M. Gaspard.

— Je connais ce coin, j'y ai travaillé autrefois. C'est un boyau de quelques mètres que l'on a renoncé à prolonger, car on ne trouvait que du roc. Je vais aller voir.

— Ce serait de la folie, Vaillant. Vous ne pourrez faire dix pas. Regardez plutôt. Les flammes lèchent les boiseries, elles arriveront bientôt jusqu'à nous. La chaleur est déjà intenable et vous risquez d'être asphyxié.

— Je vais aller voir, monsieur l'ingénieur, il y a là des camarades à sauver. »

Et Vaillant s'était précipité. Par un prodigieux effort d'énergie, il avait réussi à effectuer plusieurs voyages, ramenant chaque fois un mineur à demi mort.

A son tour il était tombé dans le boyau fatal.

Comme il tardait à revenir, M. Gaspard était parti à sa recherche. Il l'avait retrouvé, ne donnant plus signe de vie, étendu près du cadavre d'un mineur.

Pauvre Vaillant! On l'avait remonté précipitamment. Il était trop tard, la mort avait fait son œuvre.

Victime de son dévouement, il était tombé comme un soldat au champ d'honneur.

Jacques et le mineur Convent sont arrivés à la fosse.

Des femmes, des enfants, des vieux, retenus à l'entrée par des gendarmes, pleurent et se lamentent. Le mari, le père, le fils, sont-ils parmi les victimes?

Doute affreux! Horrible et longue attente!

L'orphelin se serre contre la poitrine de l'ingénieur.

Jacques est entré.

Près du puits, prêt à redescendre, M. Gaspard, la figure et les mains noircies, la barbe roussie, attend le retour de l'ascenseur.

Il vient d'apercevoir le jeune homme.

Ses bras se sont ouverts. L'orphelin se serre contre la poitrine de l'ingénieur.

« Papa! mon pauvre papa! gémit-il.

— Il est mort en héros, Jacques ; que ce soit pour toi une triste consolation! »

*
* *

Quelques jours plus tard, les deux orphelins conduisaient leur mère à sa dernière demeure.

Le chagrin avait tué la pauvre femme, qui n'avait pu survivre au bon compagnon de sa vie si brutalement arraché à son affection.

Blondinette donnait la main à Jacques.

M. et Mme Gaspard, Odette, de nombreux amis, étaient auprès des deux enfants cruellement éprouvés.

Tous les mineurs qui avaient suivi le cercueil de Charles Vaillant suivaient celui de sa femme.

En revenant du cimetière, M. Gaspard a pris Jacques par le bras.

Derrière eux viennent Mme Gaspard et Odette, qui s'occupent de l'orpheline.

« Que comptes-tu faire maintenant, Jacques? a demandé l'ingénieur.

— Mon oncle et ma tante d'Alsace, le frère et la belle-sœur de ma pauvre mère, m'ont proposé de prendre Blondinette avec eux. Je ne me sens pas le courage de me séparer d'elle. Je ne peux pas rester seul dans notre maison, qui va me paraître affreusement vide et triste. Plus tard, si je ne puis faire autrement, je la confierai à mon oncle Walter. J'hésiterai beaucoup, par égoïsme d'abord, parce que j'ai besoin de son affection et de sa présence, et aussi par raison, car, mon oncle ayant déjà sept enfants, Blondinette serait pour lui une nouvelle et lourde charge. Nous resterons donc encore quelque temps ensemble.

— Quelles mesures as-tu l'intention de prendre pour vous permettre à Blondinette et à toi de vivre? Le peu que ton père et ta mère ont économisé, la petite pension que te payera la compagnie, tout cela sera trop maigre, je crois, pour que vous puissiez subvenir à vos besoins.

— Je travaillerai, monsieur l'ingénieur.

— Où?

— A la mine. »

M. Gaspard s'est arrêté. Il regarde Jacques longuement, les yeux humides.

« Et tes projets d'avenir?

— Je n'y renonce pas, monsieur l'ingénieur. Ma journée finie, je travaillerai seul, le soir. J'irai plus souvent encore, si vous m'y autorisez, solliciter vos conseils.

— Ma maison, tu le sais bien, Jacques, te sera toujours ouverte. Je te demanderai de venir avec nous pendant quelques jours seulement. Il serait trop pénible pour Blondinette, si délicate et si sensible, de se retrouver pour le moment dans une demeure où la mort est passée. »

CHAPITRE III

NOUVELLE FAMILLE

**1. Rêves d'avenir. — 2. Veille d'examen. — 3. Séparation.
4. Un ami.**

Jacques est maintenant mineur.

M. Gaspard a bien tenté, à maintes reprises, mais inutilement, de le faire revenir sur sa décision.

« Je n'insiste plus, mon petit, a dit à la fin l'ingénieur, je te demanderai seulement de nous laisser Blondinette. »

Se séparer de Blondinette! Jacques était bien tenté de refuser à M. Gaspard.

Il n'osa pas, sachant quelle peine il ferait à ses bienfaiteurs, à son amie Odette. Il comprenait aussi que l'enfant, privée de sa mère, serait mieux chez l'ingénieur que chez lui. Ne pourrait-il pas, du reste, la voir assez fréquemment?

M. Gaspard, sans vouloir contrecarrer le jeune homme dans le plan qu'il s'était tracé, avait fait tout son possible pour lui rendre moins pénibles les premiers mois d'apprentissage.

Les camarades de travail de Jacques l'aidaient eux aussi, car tous aimaient et admiraient ce garçon simple et courageux dont ils connaissaient et approuvaient les projets d'avenir.

2

Ils s'inclinaient sans jalousie devant la supériorité de celui qui, momentanément leur égal, devait être un jour leur supérieur. C'est que Jacques n'était pas un orgueilleux, c'est surtout qu'ils reportaient sur le fils toute l'amitié qu'ils avaient pour le père, toute l'admiration qu'ils professaient pour le camarade mort en brave.

« Ça marche-t-il, petit? lui demandaient-ils souvent en plaisantant; le métier entre-t-il dans la peau? »

Et le petit, dont les yeux seuls brillaient dans une figure toute noire, répondait en riant :

« Ça marche, mais, sapristi, que c'est dur! »

Jacques se retrouvait seul, le soir, dans sa petite maison.

Rapidement il avalait un frugal repas, puis il se remettait au travail.

Après le labeur des mains venait le labeur de tête.

Le pauvre enfant sentait bien souvent ses yeux se fermer malgré lui; il luttait alors contre le sommeil, de toutes ses forces, avec une volonté farouche.

Quand il se sentait incapable de résister, quand il se sentait dominé par la lassitude, il abandonnait livres et cahiers et se rendait chez M. Gaspard.

Pour retrouver l'énergie dont il avait tant besoin, il lui suffisait de passer quelques heures dans ce milieu familial, où l'on vivait dans une atmosphère d'amitié sincère et réconfortante.

Jacques racontait sa vie rude de mineur, ses impressions, et il mettait à profit les conseils que lui prodiguait l'ingénieur.

Blondinette, les yeux grands ouverts, écoutait, bouche bée, ce grand frère dont elle admirait la volonté et l'intelligence, et dont elle goûtait surtout l'inépuisable bonté. N'était-il pas tout pour elle sur cette terre? Ne remplaçait-il pas pour elle le papa et la maman disparus?

Quant à Odette, plus sérieuse, plus jeune fille, elle pensait toujours, en écoutant parler cet adolescent, mûr avant l'âge, à ces paroles de son père si plein d'expérience : « Jacques sera un homme. »

Un homme, c'est-à-dire un être utile, honnête et bon.

Des rêves d'avenir s'ébauchaient alors vaguement. Comme il serait doux plus tard, dans le grand chemin de la vie, de pouvoir s'appuyer sans crainte, avec confiance, sur le bras d'un tel compagnon!

Et bien souvent M. et Mme Gaspard contemplaient, heureux, les jeunes gens. Eux aussi songeaient à l'avenir, et celui-ci devait être bien rassurant, plein de promesses de bonheur, car leurs yeux se croisaient un instant et ils se souriaient.

*
* *

Les années de bonheur s'écoulent vite. Notre ami Jacques est devenu un homme. Une moustache déjà forte estompe sa lèvre, une barbe brune naissante encadre sa figure énergique.

Il se prépare à affronter les difficiles épreuves du concours d'entrée à l'École des mines.

Quatre années d'études sérieuses, bien mises au point grâce à M. Gaspard, quatre années de dur labeur acharné, lui permettent d'espérer la réussite et même un succès brillant.

Ne reculant pas devant un surcroît de travail, Jacques avait, en dehors des matières du programme, étudié l'anglais avec M. Dubail et l'allemand avec M. Gaspard.

Il parle aujourd'hui à peu près couramment ces deux langues, utiles à connaître pour un ingénieur appelé à voyager en pays étranger.

Le concours doit avoir lieu dans un mois.

Sur les instances de l'ingénieur, le jeune homme a consenti à abandonner la mine. Cela lui permettra de se consacrer à la revision nécessaire avant tout examen.

Odette et Blondinette se réjouissent de l'avoir un peu auprès d'elles, d'autant plus que M. Gaspard a déclaré à Jacques :

« Pour ne pas trop te surmener, car il faut te présenter frais et dispos devant les examinateurs, tu travailleras seulement le matin et le soir après le dîner, le matin tout seul, le soir avec moi. Pour te délasser, tu iras te promener l'après-midi avec les gamines. »

Les gamines! L'ingénieur prononce ce mot d'un ton moqueur, et cependant il n'est jamais si heureux et si fier que les jours où il peut sortir au bras de ses deux filles, deux grandes demoiselles maintenant.

« Vois-tu, ma bonne vieille, avoue-t-il à sa femme, nous avions besoin de ces deux rayons de soleil pour égayer et réchauffer notre vieillesse. »

La maison est remplie tout le jour du rire frais et argentin, des cris joyeux et du chant des deux sœurs.

A peu près de même taille, l'une blonde, l'autre brune, portant toujours des robes semblables, ayant pris dans la vie en commun des habitudes et des goûts identiques, Odette et Blondinette ressemblent bien aujourd'hui à deux sœurs, unies par une grande affection réciproque que n'a jamais ternie le moindre nuage.

Une seule fois elles s'étaient fâchées, oh! une toute, toute petite brouille d'une heure, mais elles avaient été si malheureuses l'une et l'autre pendant ce court moment qu'elles s'étaient bien juré de ne plus recommencer. Ce fut Jacques qui les réconcilia après leur avoir adressé un petit discours de circonstance.

« Deux amies, deux sœurs qui se disputent, leur avait-il dit en terminant, c'est comme si les deux doigts d'une même main cherchaient à se nuire. Vous avez mal agi, mesdemoiselles, réconciliez-vous. »

Les deux demoiselles avaient baissé le nez sans rien dire, puis s'étaient précipitées dans les bras l'une de l'autre en pleurant.

Jacques s'était empressé d'essuyer à la hâte et furtivement une larme qui glissait ridiculement le long de son nez.

Grande fut la joie des deux amies quand M. Gaspard leur apprit que le futur ingénieur serait à leur disposition tous les après-midi pendant le mois précédant l'examen.

« Tu es le meilleur papa du monde! décréta Odette.

— Nous allons vous couvrir de baisers! » décida Blondinette.

Les deux petits tyrans, mettant cette promesse à exécution, avaient immédiatement assailli le brave homme.

« Laissez-moi, criait celui-ci, vous allez m'étouffer! »

Ce fut ensuite au tour de Jacques d'être attaqué par ces demoiselles. Elles n'eurent pas longtemps à lutter pour remporter une facile victoire. Il était, en effet, impossible de résister à ces deux démons qui savaient si câlinement dire :

« Ami Jacques, mon bon ami Jacques, nous irons en auto, loin, bien loin.

« — Petit frère, mon tout gentil petit frère, tu nous conduiras à Lille, à Amiens...

— A Marseille, à Bordeaux! interrompit M. Gaspard en riant. Ah! mon pauvre Jacques! elles te feront tourner la tête. »

Tout bas il ajouta :

« Comme à moi, d'ailleurs. »

Il fut donc décidé que l'on ferait tous les jours de longues courses.

Depuis deux mois M. Gaspard possédait une automobile que lui et Jacques avaient appris à conduire.

Les gamines avaient désiré cette auto, on l'avait achetée.

* *

Jacques va partir pour Saint-Étienne.

Le jour de la séparation est venu. On se quitte pour peu de temps, les yeux se mouillent cependant de larmes.

Blondinette s'est blottie dans le bras du grand frère.

Odette a pris la main du grand ami.

« Bonne chance, Jacques, dit-elle gravement. Tous nos vœux, vous le savez, vous accompagnent. Je ne doute pas du succès, et pourtant nous vous prions de télégraphier dès que vous connaîtrez la bonne nouvelle. »

Jacques, ému, s'est tourné vers Mme Gaspard.

Celle-ci est occupée depuis le matin à préparer les bagages du jeune voyageur. A voir la valise bourrée, on serait tenté de croire qu'il s'absente pour plusieurs mois.

« Au revoir, madame Gaspard, murmure Jacques, à bientôt.

— Embrasse-moi, mon petit Jacques. »

La brave femme est bouleversée. Il lui semble que c'est son fils qui part.

Depuis des années que ces deux enfants vivent dans son intimité, ne sont-ils pas un peu, pour ne pas dire beaucoup, à elle?

L'ingénieur tortille sa moustache. Lui, toujours si affable, il se montre bourru, pour mieux cacher son émotion sans doute.

« Allons, vite, crie-t-il, dépêchons-nous, le train n'attend pas. »

A la fenêtre, les trois femmes font des signes d'adieu jusqu'à ce qu'aient disparu M. Gaspard et Jacques.

Ceux-ci sont arrivés à la gare. Sur le quai, en attendant l'arrivée du train, l'ingénieur fait ses dernières recommandations.

« Surtout, Jacques, ne te trouble pas, tu en sais plus qu'on ne peut te demander. Va directement chez M. Bontemps. Je lui ai écrit hier qu'il n'avait pas besoin de se déranger pour venir te chercher. Tu prendras une voiture à la gare. »

M. Bontemps était un ingénieur de Saint-Étienne, ami d'école de M. Gaspard. Celui-ci lui avait recommandé Jacques et l'avait prié de guider dans la ville le jeune homme.

Au ton de la lettre, M. Bontemps avait compris quelle affection l'ingénieur avait pour ce dernier, en quelle haute estime il le tenait.

Son fils, Georges Bontemps, se présentait précisément au même examen.

Dans sa réponse il avait laissé entendre que sa maison serait celle du protégé de M. Gaspard.

Jacques voulait refuser. Devant l'insistance de son protecteur et de l'ami de celui-ci, il comprit qu'il serait impoli de n'acceper pas l'invitation qui lui était faite si gracieusement.

Le train entre lentement en gare.

Comme il y a deux ans, le jour où Jacques a perdu son père, l'ingénieur a ouvert les bras. Le jeune homme se serre contre lui.

« Au revoir, monsieur l'ingénieur, dit-il.

— Mon petit, mon cher petit ! Bonne chance !... bonne chance ! »

*   *
*

Trois jours se sont passés, trois longs jours d'attente pendant lesquels ont été bien tristes les habitants de la villa des Roses où demeure l'ingénieur. Une lettre arrive enfin à l'adresse de M. Gaspard, une lettre de Jacques. Il disait :

Monsieur l'ingénieur,

Excusez-moi de ne pas vous avoir écrit dès mon arrivée à Saint-Étienne. J'ai voulu attendre le commencement des épreuves et vous donner ma première impression. Je suis assez satisfait jusqu'ici. Je vous envoie les textes proposés aujourd'hui et le brouillon de mes copies.

J'ai reçu de M. et Mme Bontemps, auxquels vous m'aviez chaleu-
reusement recommandé, un si aimable accueil que je serais presque
tenté de rester ici pour toujours, si d'autres affections ne m'appe-
laient ailleurs.

Georges Bontemps, mon camarade de deux jours, n'a su que
faire pour me rendre agréable mon séjour à Saint-Étienne.

Vous savez, monsieur l'ingénieur, comme je suis peu expansif
et comme je suis long à me livrer; aussi serez-vous grandement
étonné quand je vous avouerai que j'espère avoir trouvé en lui un
ami de toujours. Une sympathie instinctive m'a plus rapproché de
lui en quelques heures que je ne le suis de gens que je coudoie ou
fréquente depuis des années.

C'est un garçon d'une rare valeur, dont j'ai pu apprécier l'intel-
ligence, la science, le jugement, et surtout les qualités de cœur,
dans les quelques causeries sérieuses que nous avons eues aux
heures de liberté.

Dès que toutes les épreuves seront terminées, je vous ferai par-
venir les questions posées et traitées. Vous pourrez ainsi juger du
travail que j'ai fourni.

Présentez, je vous prie, mes hommages à madame Gaspard.
Dites à mademoiselle Odette que je n'oublierai pas, comme je l'ai
promis, de télégraphier pour rassurer ceux qui forment notre
bonne famille d'adoption, à Blondinette et à moi. Le grand frère
pense un peu à sa petite sœur et l'embrasse bien fort.

Croyez-moi, monsieur l'ingénieur, votre profondément dévoué
et reconnaissant protégé. Jacques VAILLANT.

La lecture de cette lettre terminée, M. Gaspard lorgne en souriant Odette et Blondinette qui paraissent faire un peu la moue.

« Qu'avez-vous donc, petites gamines? demande-t-il au bout
d'un instant.

— Rien, petit père.

— Rien, papa Gaspard.

— Vous n'avez rien, mesdemoiselles! Vous voulez me tromper.
Cette lettre vous a déçues. Vous pensiez que Jacques n'allait parler
que de vous, exprimer des milliers de regrets de vous avoir quit-
tées. Ne s'avise-t-il pas de choisir un ami et de consacrer une

partie de sa lettre à vanter les qualités de cet intrus? Car c'est un intrus, ce monsieur qui vient nous ravir l'affection de notre Jacques. Je vais écrire à ce dernier et lui adresser d'amers reproches. »

L'ingénieur, enchanté pourtant de voir Jacques s'éprendre d'amitié pour le fils de son vieux camarade, se moqua toute la journée des petites, qui ne savaient quelle contenance tenir. Elles comprenaient bien que papa les avait devinées.

Quand elles furent seules, elles se soulagèrent un peu.

« Crois-tu, Blondinette, qu'il m'appelle mademoiselle!

— Crois-tu, petite sœur, qu'il pense seulement un peu à moi!

— Quand il reviendra, nous lui ferons grise mine.

— Et s'il ramène avec lui son garçon d'une valeur rare, nous serons si peu gracieuses avec ce monsieur, Odette, que nous verrons celui-ci se sauver pour ne plus revenir. »

Ces magnifiques résolutions si menaçantes pour l'amitié naissante de Georges et de Jacques, prises dans un mouvement de dépit, ne devaient heureusement pas tenir longtemps.

On les eut vite oubliées quand on eut reçu cette dépêche :

Reçu avec le numéro un, Georges avec le numéro deux. Je pars demain.

On les eut vite oubliées quand revint le triomphateur.

« Ah! s'écria M. Gaspard en serrant Jacques dans ses bras, si Vaillant et ta brave femme de mère étaient encore là, rien ne manquerait à notre joie! »

DEUXIÈME PARTIE

PENDANT LA GUERRE

CHAPITRE PREMIER

L'INVASION.

1. Monsieur Dubail. — 2. La défense du bourg. — 3. La fuite.

Nos amis vont partir en voyage. Ils doivent visiter en automobile les bords de la Loire et se rendre ensuite à Saint-Étienne pour passer quelques jours chez M. Bontemps.

Odette et Blondinette, quoique toujours un peu hostiles, ont hâte de connaître enfin le nouvel ami de Jacques, *l'oiseau rare,* comme l'a surnommé Odette.

Des événements imprévus vont bouleverser tous ces beaux projets.

Toutes sortes de signes, sombres nuages précurseurs d'un orage, faisaient, depuis quelques jours, redouter une nouvelle guerre.

Le soir du 31 juillet, dans la maison de l'ingénieur, comme partout dans la France entière, tous attendent fiévreusement, en commentant les dernières nouvelles.

Un coup de sonnette interrompt soudain la conversation.

Les interlocuteurs se regardent, inquiets.

Il est dix heures. Qui peut venir si tard?

M. Gaspard a ouvert la porte du vestibule.

« M. Dubail! s'écrie-t-il. Y a-t-il donc du nouveau?

— On attend la mobilisation pour demain, monsieur l'ingénieur. »

M. Dubail est entré au salon, suivi de l'ingénieur. Celui-ci s'est
tourné vers sa femme et les petites consternées.

« Vous avez entendu? On attend la mobilisation pour demain.

— Je viens de recevoir mon ordre de départ immédiat pour la
frontière de l'Est, ajoute M. Dubail. Je suis affecté en qualité
d'officier de réserve à un bataillon de chasseurs à pied en gar-
nison à Saint-Mihiel.

— La mobilisation n'est pas nécessairement la guerre, dit Jacques, qui veut essayer de rassurer un peu Mme Gaspard, Odette et
Blondinette.

— Non, Jacques; mais quand des pays en arrivent à une extrémité aussi coûteuse et aussi dangereuse, dans des circonstances
aussi graves, c'est que les rapports sont dans un état de tension tel
qu'un rien peut tout gâter.

« Je viens vous faire mes adieux, madame, je pars demain à la
première heure.

« Je dis *adieux*, car cette guerre, que je crois inévitable, dépas-
sera en horreur tout ce que l'on peut imaginer, tout ce que l'on a
pu voir jusqu'ici, et bien peu de ceux qui partent pourront espérer
revoir les leurs.

« Nous acceptons cependant tout sans un regret, sans une
plainte. La France n'a jamais désiré la guerre, n'a jamais provo-
qué ses voisins.

« A cette heure grave, pour éviter tout contact périlleux entre
les troupes massées à la frontière, nos soldats ont même reçu l'ordre, louable excès de prudence, de se tenir à quelques kilomètres
de cette frontière.

— Que dit Mme Dubail?

— Elle pleure, madame.

— Que disent vos chers petits?

— Ils sanglotent, ils se lamentent. Moi aussi je sens des larmes monter à mes yeux à la pensée de cette séparation brusque et peut-être éternelle, mais je dois être plus fort que la femme et les enfants. Demain, quand je ne serai plus là, ils réfléchiront, et la fierté de voir le père partir pour les défendre, pour défendre la patrie menacée par la ruée allemande qui sera formidable, cette fierté contribuera à atténuer un peu leur douleur. Ils comprendront que je ne leur appartiens plus, que j'appartiens à la France. »

Jacques, profondément ému; a pris les mains de son bon maître.

« Je n'ai pas encore été soldat, dit-il gravement, mais j'ai dix-huit ans, je suis fort et je me sens capable de supporter les fatigues de la campagne. Cette patrie que vous m'avez appris à tant chérir, cette France que vous allez défendre au prix de votre vie, je veux, moi aussi, faire quelque chose pour elle. Si les derniers espoirs de conciliation s'évanouissent, si c'est la guerre, j'irai bientôt vous rejoindre, mon cher maître.

— Tu nous abandonnerais, Jacques, tu abandonnerais ta sœur Blondinette, ton amie Odette?

— Je vous quitterais tous, madame Gaspard. M. Dubail ne laisse-t-il pas les siens? Tous les maris de France ne laissent-ils pas leur femme et leurs enfants? Tous les fils ne laissent-ils pas leur mère? »

Serrées l'une contre l'autre comme les petits oiseaux dans leur nid quand un ennemi les menace ou que l'orage gronde, Odette et Blondinette écoutent, pâles et tremblantes.

L'ingénieur s'est approché de Jacques.

« Bien parlé, Vaillant! dit-il. Je sais que les cœurs de femmes, moins durs que les nôtres, souffriront plus de cette pénible séparation, de cet au revoir peut-être définitif, mais la patrie est en danger, et, comme ton bon maître vient de nous le dire, l'homme, lui, doit faire taire toutes ses affections, il ne doit plus penser qu'à la grande mère menacée.

« Ton départ, Jacques, me bouleversera, moi aussi; la pensée du sort qui t'est peut-être réservé me fait frémir, parce que je t'aime comme mon propre enfant. Je t'aurais cependant renié si tu n'avais pas parlé comme tu viens de le faire.

« Si tu ne reviens pas, ta Blondinette ne restera pas seule. Elle a trouvé en Odette une sœur, elle trouvera en nous de bons parents qui sauront veiller sur elle et lui préparer un avenir heureux et tranquille.

— Je n'avais aucune crainte à ce sujet, monsieur l'ingénieur, je connais trop votre bonté. »

Le jeune homme a pris les mains de Mme Gaspard, qui pleure silencieusement. Il les couvre de baisers.

« Jusqu'à la dernière minute de ma vie je penserai à vous, je vous garderai une reconnaissance immense pour tout le bien que vous nous avez fait, à Blondinette et à moi.

— Mon cher petit, mon bon fils d'adoption, mon cœur de mère souffre, et cependant je le sens, je n'ai pas le droit de récrier. Tout à l'heure, vois-tu, c'était le premier cri de révolte et de détresse, maintenant je suis plus raisonnable et je te dis : Quand tu jugeras le moment venu, va, va remplir ton devoir le plus sacré sans que rien puisse t'arrêter ni te faire faiblir. Nous penserons à toi tous les jours, à toute heure, et si tu restes là-bas, nous vivrons avec ton souvenir. Oh! mon Jacques, toi dont nous sommes si fiers, je te bénis. »

Les mains tremblantes de la pauvre femme caressent les cheveux du jeune homme, qui est tombé à ses genoux.

Odette et Blondinette, incapables de se contenir plus longtemps, sanglotent éperdument, la tête appuyée contre la robuste poitrine de l'ingénieur.

*
* *

La guerre a éclaté. La France est envahie.

Aux abords du bourg qu'habite M. Gaspard, un groupe de uhlans fait son apparition un matin de la deuxième quinzaine d'août. Il est accueilli par les coups de fusil des soldats chargés de la défense, et il se retire précipitamment.

Bientôt après des masses grises s'avancent dans la plaine.

Le canon tonne. Des obus passent avec un ronflement sinistre, ils fauchent les arbres, défoncent les granges et les maisons, dont quelques-unes prennent feu.

Abrités derrière des pans de murs, derrière des barricades impro-
visées faites de sacs de terre, de tonneaux, de voitures renversées,
de tas de pierres, nos soldats tirent sans relâche.

Il y a là-bas, dans les rangs ennemis, des vides bien vite comblés.
Nos rangs, malheureusement, s'éclaircissent aussi peu à peu.

Des morts, étendus calmes comme au repos, ou tordus dans un
dernier spasme d'agonie, couvrent les prés, gisent dans les jardins,
se sont effondrés dans les blés.

Des blessés agonisent lentement, sans une plainte, emplissant
leurs yeux de la suprême vision du grand ciel bleu dans lequel
flottent vaguement des images chères.

D'autres crient plaintivement et sans trêve : « A boire! à
boire! »

D'autres, qui souffrent comme des damnés, supplient lamenta-
blement : « Achevez-moi. »

D'autres appellent désespérément leur maman, leur femme,
leurs petits.

Quelques-uns, peu grièvement atteints, se traînent, se dressent,
et, tout couverts de sang, continuent à tirer encore jusqu'à ce
qu'un autre projectile vienne les coucher à terre, définitivement
vaincus.

La capote ouverte, le képi en arrière ou la tête nue, le front en
sueur, le visage calme et farouche, les valides, à genoux, couchés
ou debout, décidés à lutter jusqu'au bout, visent mécaniquement
et sans arrêt le but mouvant des ennemis en marche.

Un jeune sous-lieutenant, tout frais sorti de Saint-Cyr, dirige le
feu, aussi tranquillement que s'il était au champ de tir.

Et cependant il pleut des balles, sans interruption.

Dès qu'il passe la tête au-dessus du mur pour mieux observer,
elles sifflent autour de lui, le rasant, le frôlant presque. Une arrive
qui lui troue son képi. Sans se presser il se découvre, regarde le
trou en souriant, et repose sa coiffure sur la tête.

Un capitaine d'état-major accourt, apportant un ordre de la
brigade.

« Où est le commandant? demande-t-il au jeune officier auprès
duquel il a pu s'avancer en rampant.

— Tué, mon capitaine.

— Où sont les capitaines?

— Tués..

— Quel est le plus ancien lieutenant?

— Moi.

— Vous!

— Tous les autres sont tués ou blessés.

— Combien vous reste-t-il d'hommes valides?

— Trois cents peut-être.

— Il faut tenir, lieutenant; il faut même repousser les Allemands pour permettre l'évacuation des blessés, pour permettre au reste du régiment de se replier en bon ordre sans être poursuivi par l'ennemi.

— Nous sommes donc sacrifiés?

— Vous l'êtes.

— Nous exécuterons l'ordre.

— Au revoir, lieutenant.

— Adieu, mon capitaine. »

Une décision est rapidement prise. Auprès du lieutenant se tient un clairon.

« Sonne la charge, » lui dit l'officier.

La charge! Quelle folie! Les Allemands s'avancent toujours, de front et de flanc, menaçant d'encercler le village.

La charge! C'est la mort certaine. C'est l'obéissance aux ordres reçus, c'est le salut pour les camarades, c'est le devoir.

La voix claire du clairon retentit soudain. Un autre répond comme un écho, puis un troisième.

Un grand silence d'une minute, puis l'officier crie :

« En avant! »

Il escalade le mur derrière lequel il s'abritait.

« En avant! en avant! » hurlent les braves gens, en s'élançant à sa suite.

Ils vont, baïonnette au canon, dispersés en tirailleurs, chantant la *Marseillaise* pendant que sonne le clairon.

Tout seul, les précédant, l'officier marche, ganté de blanc comme pour la parade. Une baguette à la main, il les conduit en beauté à la mort.

Ils vont toujours de l'avant, et toujours les rangs s'éclaircissent.

Les Allemands reculent cependant devant cette poignée d'hommes, malgré les officiers qui hurlent et menacent de leur révolver leurs soldats.

La furie française les trouble.

Les diables bleus s'avancent si bravement, si follement, que nos ennemis croient avoir affaire à plus forte partie.

Une heure plus tard, il ne restait plus de cette héroïque phalange que des cadavres épars dans la plaine.

Près d'un petit bois, le jeune officier, entouré de quelques hommes qui l'avaient défendu jusqu'à la mort, était tombé sur les genoux, face à l'ennemi.

Dans sa bouche crispée il tenait toujours le coquelicot cueilli sous la rafale.

Des officiers allemands sont passés près du tas de morts.

Ils ont vu le gamin, ils ont aperçu les gants blancs, la fleur rouge.

Machinalement, poussés par un sentiment d'admiration plus fort que la haine, ils ont porté la main à leur casque pour saluer ce héros mort dans un anonymat obscur et pourtant sublime.

*
* *

De la maison de l'ingénieur, située en dehors du pays sur une hauteur dominant toute la plaine, Mme Gaspard, Odette et Blondinette ont assisté à la lutte inégale et héroïque.

Malgré les supplications de l'ingénieur et de Jacques, Mme Gaspard était restée, et les jeunes filles n'avaient pas voulu quitter leur mère.

Beaucoup de gens, d'ailleurs, n'avaient pu se décider à fuir.

On ne savait pas les Allemands si proches, on ne pouvait croire à leur avance rapide. Et puis l'amour du chez soi est bien fort, surtout chez les gens de la campagne si attachés à leur terre, à leurs biens, et la plupart préféraient attendre jusqu'au dernier moment avant de se résoudre à partir.

« Je m'en irai, mais avec toi, avait répondu Mme Gaspard le

matin même à l'ingénieur qui ne lui cachait pas la gravité de la
situation.

— Je ne puis quitter mon poste, ma chère femme, nous n'avons
pas encore reçu l'ordre de nous retirer. L'officier doit rester avec
ses hommes, je dois rester avec les mineurs qui travaillent toujours
au fond de la mine. Il est temps que vous partiez; ce soir, toute
fuite sera peut-être impossible. Songe à quoi tu t'exposes, à quoi
tu exposes tes deux filles.

— Je reste. »

L'ingénieur, la mort dans l'âme, avait laissé les trois femmes
sous la garde de Jacques.

Dès les premiers coups de feu, celui-ci était parti pour courir
aux renseignements.

Mme Gaspard, Odette et Blondinette, le cœur battant bien fort,
ont donc suivi toutes les péripéties du combat.

Quand elles ont vu nos soldats charger, quand elles ont vu les
Allemands reculer, elles ont eu une lueur d'espoir qui ne devait
être que fugitive.

Maintenant la fusillade a cessé. Les Allemands, craignant sans
doute une embuscade, s'approchent prudemment du village, que
bombarde encore leur artillerie.

Soudain un choc brutal renverse les trois femmes affolées.

Les Allemands, qui avaient jusqu'alors épargné leur maison,
l'ont prise à présent comme cible.

Le premier obus est tombé tout auprès.

Un deuxième, atteignant le but, réduit le toit en miettes, défonce
le plancher du grenier, traverse une chambre, balaye l'escalier,
épargnant comme par miracle les trois innocentes créatures.

Mme Gaspard entraîne les deux jeunes filles toutes pâles d'émotion.

« Venez vite, mes chéries, dit-elle toute tremblante, descendons
à la cave. J'ai été bien imprudente en vous obligeant à rester ici. »

La pauvre femme s'est arrêtée sur le palier. Devant elle c'est le
vide, un vide d'un étage.

« C'est fini, nous ne pouvons plus descendre, crie-t-elle douloureusement, l'escalier n'est plus qu'un amas de ruines. Que je suis
coupable, mes pauvres chéries, que je suis coupable! »

L'officier marche, ganté de blanc, comme pour la parade.

Odette et Blondinette se serrent contre la bonne maman qui pleure.

Odette, la première, retrouve son sang-froid.

« Ne pleure plus, petite mère, dit-elle doucement, essayons plutôt de nous tirer de ce mauvais pas.

— Et Jacques qui ne revient pas, Odette! Il est peut-être tué ainsi que ton père! »

Tout à coup on appelle au dehors.

Odette a reconnu la voix de son grand ami. Elle se précipite à la fenêtre.

« Nous sommes là, Jacques, nous ne pouvons partir, l'escalier s'est effondré.

— Êtes-vous blessées?

— Non. Et vous? Votre poignet est bandé.

— Une petite égratignure, une simple éraflure produite par une chute dans une cave.

— Qu'avez-vous donc fait depuis que vous êtes parti?

— J'étais allé trouver M. Gaspard pour lui demander des ordres, l'engager à fuir, lui aussi. Je l'ai rencontré dans la lampisterie. Il se préparait à faire remonter tous les ouvriers. Un obus est arrivé qui a tout retourné.

« Nous nous sommes retrouvés tous les deux enfouis dans le sous-sol, sous un tas de décombres. Après plusieurs heures d'efforts, nous avons pu nous dégager.

— Père n'est pas blessé?

— Nullement. Il est très inquiet sur votre sort. La canonnade et la fusillade ont cessé. Nous allons profiter de cette accalmie et nous empresser de fuir avant que les Allemands soient dans le village. »

Jacques est allé chercher une échelle. Il la pose dans le vestibule au milieu des briques, des tuiles et des plâtras amoncelés. Il grimpe rapidement pour aller retrouver les trois captives et pour s'assurer en même temps que l'échelle tient solidement.

« Vite, madame Gaspard, crie-t-il, sauvons-nous.

— Et mon mari?

« Nous allons le rejoindre. Ne perdons pas de temps. Je ne veux pas que vous tombiez entre les mains de ces brutes. Je ne veux pas non plus m'exposer à être fait prisonnier, à être fusillé peut-être et à mourir stupidement sans avoir pu servir mon pays. »

Des rumeurs, des cris sauvages, emplissent le village. Les Allemands sont là. Quelques coups de feu isolés retentissent. On achève des blessés, on tue des civils.

Pendant que les trois femmes descendent, Jacques sort l'auto du hangar, met le moteur en marche. Il se hâte fébrilement, surexcité par l'imminence du danger.

« Tout est prêt, crie-t-il bientôt, montez vite... Cachez-vous au fond, et surtout ne bougez pas. »

La précaution est bonne.

Le chemin qui passe derrière la villa et va rejoindre la grande route est bien encaissé sur un assez long parcours, mais sur une distance de deux ou trois cents mètres il est complètement à découvert.

Dès qu'il arrive au passage dangereux, Jacques réitère sa recommandation et met l'auto en troisième vitesse.

Des Allemands sont sortis du village. Ils aperçoivent la voiture qui fuit. Ils tirent.

Les balles sifflent autour de Jacques, quelques-unes traversent la carrosserie, brisent une vitre.

Le brave petit, penché sur son volant, ne songe qu'à celles qu'il veut sauver.

« Pourvu, murmure-t-il, que ces sauvages ne crèvent pas un pneu ! Nous risquerions une terrible embardée. »

Les voici maintenant sur la grande route. Le virage a été brusque, qu'importe ! Ils sont hors de danger. Le chemin tourne un peu en effet, et on ne peut plus les apercevoir.

Mᵐᵉ Gaspard, n'entendant plus rien, s'est redressée, les jeunes filles aussi.

L'auto s'arrête devant l'entrée de la mine, qui donne sur la route.

Dans la cour, des uhlans entourent les ouvriers, au milieu desquels se dresse la haute stature de l'ingénieur.

Celui-ci a vu les fugitifs.

« Fuyez, crie-t-il, fuyez ! »

Jacques obéit et repart.

« Mon mari ! mon mari ! » crie Mme Gaspard éperdue.

Toutes ces émotions violentes et successives ont bouleversé la pauvre femme, qui tombe évanouie dans les bras de ses deux filles, pendant que l'auto continue sa route sur Arras.

CHAPITRE II

VERS L'ARRIÈRE

1. Atrocités allemandes. — 2. Le nid détruit. — 3. Des nouvelles de M. Gaspard.

Après un voyage mouvementé à travers la France, les émigrés arrivaient quatre jours plus tard à Saint-Étienne.

Ils étaient partis quatre. A leur arrivée, ils étaient huit voyageurs dans l'auto.

Voici ce qui s'était passé.

A l'entrée d'un village abandonné, un triste spectacle s'était offert aux yeux de Jacques, qui, malgré son désir de fuir au plus vite, pris d'une irrésistible pitié, s'était arrêté.

Trois enfants, dont l'aîné pouvait avoir dix ans, pleuraient et se lamentaient auprès de leur mère évanouie. La malheureuse était tombée là, vaincue par la fatigue et la faim.

M\ue Gaspard, oubliant pour un instant son chagrin, était descendue. Elle s'empressait auprès de la pauvre femme, lui frictionnant les tempes avec de l'eau fraîche, lui faisant respirer des sels.

Odette, Blondinette et Jacques s'occupaient des petits, qui mouraient de faim, eux aussi. Odette avait eu la pensée, au moment du départ, d'entasser quelques provisions dans la voiture. Les petits se précipitèrent aussitôt comme des gloutons sur le pain et la viande qu'on leur offrait.

Alors seulement les jeunes gens s'aperçurent d'un horrible détail qui leur avait échappé. La main droite des trois enfants avait été coupée. Un pansement sommaire, tout rouge de sang, entourait les petits moignons.

La mère, enfin ranimée, revenait à elle.

« Mes petits! mes petits! cria-t-elle en ouvrant les yeux. Ne les tuez pas. Laissez-les-moi. »

Cette femme paraissait folle. Une catastrophe épouvantable semblait avoir détraqué son cerveau.

« Rassurez-vous, ma bonne dame, nous ne voulons leur faire aucun mal, mais au contraire les protéger. »

La voix de Mme Gaspard était douce. C'était une mère qui parlait à une autre mère.

La malheureuse, suivant toujours une idée fixe, continuait cependant à divaguer.

« Les Prussiens! Les Prussiens! Regardez ce qu'ils ont fait à mes petits. Sauvons-nous, ils les tueraient. »

La femme de l'ingénieur avait vu à son tour l'horrible chose. Elle avait pâli.

« Oh! les lâches! les bandits! » s'exclama-t-elle, la voix étranglée.

Jacques avait installé les petits dans l'auto. Il revenait vers la mère.

« Maintenant que vous vous trouvez mieux, madame, lui dit-il, nous allons pouvoir continuer notre route. Nous vous emmenons tous. Vous pourrez vous restaurer en voiture. Montez à côté de moi. Ces demoiselles s'occuperont des trois mignons. »

L'inconnue, mise en confiance, se laissait doucement conduire. Toute volonté semblait annihilée chez elle. Peu à peu, pourtant, Mme Gaspard l'ayant contrainte à manger, elle se remettait, reprenait ses esprits.

Pendant que l'auto filait à toute vitesse, elle fit à nos quatre amis le récit suivant, tout entrecoupé de larmes et de sanglots.

« Ils sont arrivés il y a quelques jours dans le village que j'habitais tout près de la frontière belge, et, sous le prétexte absurde et faux que des civils avaient tiré du haut du clocher, ils ont fusillé le curé, le maire et l'instituteur, puis ils ont mis le feu à toutes les maisons du pays. Comme nous abandonnions notre pauvre demeure en flammes, ils nous ont arrêtés, mon mari, mes enfants et moi. On nous a conduits devant un officier qui causait admirablement notre langue.

« — Combien de soldats français étaient ici hier? Quelle direc-
« tion ont-ils prise? demanda-t-il à mon mari.

« — Je suis Français, et je ne puis vous répondre; ce serait une
« trahison.

« — Ces trois garçons parleront, » dit alors l'Allemand, les yeux méchants, en se tournant vers mes trois grands gars, dont l'aîné, Charles, avait dix-neuf ans.

« Charles regarda son père.

« — Je suis Français, moi aussi, » répondit-il fièrement.

« Les deux autres n'ayant rien voulu dire, il s'adressa à moi.

« — Et toi, chienne, consentiras-tu à parler?

« — Non.

« — Je te donne deux minutes pour réfléchir. Si tu me refuses
« le petit renseignement que je te demande, on coupera la main
« droite aux trois mioches afin qu'ils ne puissent pas servir contre
« nous plus tard, afin surtout qu'ils se souviennent que les Alle-
« mands sont forts et que rien ne peut leur résister. On fusillera
« ensuite le père et les trois autres. »

« Je me jetai à ses genoux, implorant sa pitié.

« — Tu as encore une minute pour réfléchir, » dit-il inexora-
blement en consultant sa montre.

« Si j'avais été seule, je ne sais pas ce que j'aurais fait. J'entendais les petits crier, je voyais les grands pleurer. Le père était là, je l'ai regardé.

« — Femme, m'a-t-il dit doucement, je te défends de parler. »

Mme Gaspard, Odette, Blondinette et Jacques écoutaient, haletants, ce poignant récit.

« C'est fini! c'est fini! Ils ont détruit le nid, ils ont mutilé mes petits, ils ont tué les grands, ils ont tué le père. »

Les grandes douleurs ne peuvent supporter de consolation. Nos amis, véritablement atterrés, laissaient là la malheureuse pleurer en silence.

« Je me jetai à ses genoux, implorant sa pitié. »

*
* *

Ils ont détruit le nid !

Ces paroles résonnèrent douloureusement aux oreilles de Jacques, réveillant en lui le souvenir d'un gros chagrin d'enfant.

Quand son père était encore là, quand il était un tout petit garçon, il avait à cette époque huit ans, il avait trouvé au fond du jardin, caché dans un fagot de branches de groseillier, un joli petit nid de bouvreuil contenant cinq jolis œufs bleus, tout mignons, à peine gros comme une noisette.

Blondinette et lui allaient le voir tous les jours.

Les premières fois, la mère, très effrayée, s'était enfuie. Peu à peu cependant elle s'était enhardie, et, quand les enfants accouraient, elle ne quittait plus son nid.

Un matin, oh ! la bonne et délicieuse surprise ! Jacques trouva les coquilles brisées.

Cinq petits êtres informes grouillaient au fond du joli berceau, que le père et la mère avaient momentanément délaissé pour voler à la recherche de mouches, d'insectes ou de vermisseaux.

Quand Blondinette avait aperçu les œufs, elle avait voulu y toucher.

« Tu les casserais, » avait dit Jacques.

Elle s'était donc contentée de les admirer.

Quand elle vit les petits oiseaux, elle voulut les prendre dans sa main.

Alors Jacques déclara :

« Tu les étoufferais ! »

La mignonne avait obéi au grand frère. Elle s'était simplement haussée sur la pointe des pieds pour mieux voir, et, les yeux écarquillés, elle avait examiné curieusement, sans rien dire, les nouveaux pensionnaires.

Les deux enfants ne devaient pas avoir longtemps la joie de les contempler.

Un méchant chat, profitant de l'absence du père et de la mère, dévora les petits sans défense.

Blondinette et Jacques trouvèrent un jour le nid vide. Les pauvres parents, désolés sans doute, l'avaient abandonné.

Quelques colimaçons, heureux de la bonne aubaine, avaient déjà pris possession de la demeure.

Jacques se rappelait l'affreuse histoire. Comme Blondinette et lui avaient pleuré ce jour-là !

La jeune fille s'était penchée vers son frère. Des larmes dans la voix, elle lui murmurait :

« Rappelle-toi notre nid de bouvreuil. »

Elle aussi se souvenait :

Les Allemands sont venus, et, plus sauvages que les bêtes sauvages, ils ont détruit d'autres nids, tué des papas et des mamans, mutilé des enfants, brisé des bonheurs.

Ils ont détruit le nid !

Du modeste logis, des meubles simples, seule richesse des pauvres, il ne reste plus rien que des cendres.

Ils ont semé la souffrance et la mort.

Pierre, le petit dernier, maintenant apprivoisé, s'était blotti entre les deux jeunes filles.

Tout à coup il se mit à pleurer. Sa main le faisait souffrir.

« Dis, moiselles, dit-il à Odette et à Blondinette, quand donc petit Pierre il aura une autre main pour plus avoir mal ? »

Que cette plainte d'un enfant retentisse éternellement comme un glas sur l'airain et soit une malédiction pour ceux qui ont fait la guerre en barbares !

Consolé par ses nouvelles amies, bercé par les trépidations de la voiture, vaincu par la fatigue, le petit s'était enfin endormi, serrant avec amour contre sa poitrine le seul objet épargné par le feu, un cher petit joujou qui ne l'avait pas quitté depuis le jour de la fuite, un affreux mouton sans queue ni toison, son unique consolation pourtant.

*
* *

Mme Gaspard avait d'abord songé à s'arrêter à Paris, où l'on avait séjourné deux jours pour faire examiner et panser les petits mutilés par un chirurgien.

Jacques, obéissant aux conseils de l'ingénieur, avait décidé que l'on irait demander l'hospitalité à M. et Mᵐᵉ Bontemps.

« Le but des Allemands, avait-il expliqué, doit être d'atteindre la capitale pour essayer de nous contraindre à accepter la paix. Coûte que coûte ils tenteront d'arriver. Vous serez plus en sûreté à Saint-Étienne, car ce serait la fin de tout s'ils pouvaient aller jusque-là. »

Nos émigrés furent reçus à bras ouverts par les parents de Georges.

Les trois petits mutilés furent immédiatement conduits à l'hôpital ; quant à la maman, Mᵐᵉ Dutertre, elle resta chez M. et Mᵐᵉ Bontemps, qui insistèrent pour la garder.

« J'accepte, avait-elle dit, à la condition que vous me laisserez me rendre utile dans la maison. »

Tous les nouveaux amis eurent bientôt fait connaissance.

L'ingénieur et sa femme étaient absolument ensorcelés par les deux *gamines*.

Celles-ci étaient un peu revenues de la mauvaise opinion préconçue qu'elles avaient eue du malheureux Georges. Elles avaient consenti à reconnaître qu'il était présentable.

Si M. Gaspard avait été là, comme il eût été fier de ses filles !

Où était-il, le cher homme ?

« Qu'est devenu mon pauvre mari ? disait Mᵐᵉ Gaspard, en se lamentant. Ils l'ont peut-être fusillé. »

Un soir, M. Bontemps rentra de la mine, le visage souriant.

« J'ai des nouvelles de Gaspard, » dit-il joyeusement.

Mᵐᵉ Gaspard s'était dressée, pâle comme une morte. Qu'allait-elle apprendre ? Le sourire et le ton de l'ingénieur la rassurèrent heureusement.

« Par un mineur qui a pu traverser les lignes allemandes, il me fait parvenir ce petit mot. »

M. Bontemps sortit de sa poche un morceau de papier tout froissé et lut :

Je suis prisonnier des Allemands. J'ai échappé à la fusillade. Le porteur de ce mot te racontera l'histoire ou t'écrira. J'aurais pu fuir avec lui, je ne l'ai pas fait, je me dois aux mineurs pri-

sonniers. Mon titre d'ingénieur, ma connaissance de la langue alle-
mande, peuvent leur être d'une grande utilité, d'un grand secours.
Je reste donc, c'est mon devoir. Je vais sans doute partir pour l'Al-
lemagne et être interné dans un camp. Mme Gaspard et les petites
ont pu s'échapper, je les ai vues passer. Pressentant que je ne pour-
rais peut-être pas partir avec elles, j'avais donné à Jacques des
instructions pour les conduire auprès de Mme Bontemps et de toi.
Je t'écris pour les rassurer. Dis-leur qu'elles prennent courage,
nous nous retrouverons bientôt. Georges et Jacques sont allés où
le devoir les appelle. Je te confie donc Mme Gaspard et mes deux
filles. Souvenir respectueux à Mme Bontemps. Amitiés à toi et à ton
fils. Baisers aux miens.

GASPARD.

Mme Gaspard pleurait doucement en écoutant la lecture de ces
lignes écrites par son cher mari. Ses larmes n'étaient cependant
pas trop amères. Le mot était rassurant.

« Je voudrais bien, dit-elle, le premier moment d'émotion passé,
voir le mineur qui a apporté cette bonne lettre.

— J'avais pensé, chère madame, que vous manifesteriez ce désir.
Le brave Convent est là, il m'a accompagné.

— C'est Convent que M. l'ingénieur avait chargé de cette mission? Elle devait être menée à bonne fin. C'est un garçon intelligent et courageux.

— Tu le connais donc, Jacques?

— Oui, madame Gaspard, nous avons bien longtemps travaillé
ensemble à la mine. C'est lui qui est venu, Blondinette doit s'en
souvenir, nous annoncer, il y a deux ans passés, la mort tragique
de notre bon papa. »

L'ingénieur et Convent entraient.

Celui que M. Gaspard avait choisi comme émissaire était un
jeune homme d'une trentaine d'années, à la figure ouverte et sym-
pathique respirant l'énergie.

Jacques s'était avancé, la main tendue.

« Bonsoir, Convent.

— Bonsoir, monsieur l'ingénieur.

— Monsieur l'ingénieur?

— Dame, monsieur Jacques, vous êtes à présent quasi comme si vous l'étiez.

— Allons, vieux camarade, appelle-moi Jacques tout court, comme autrefois, tutoie-moi et ne fais pas tant de cérémonies. »

Cet accueil encouragea le mineur, un peu interloqué tout d'abord par tous les yeux interrogateurs braqués sur lui.

Convent, invité par M. Bontemps à raconter ce qui s'était passé, tourna un instant sa casquette dans les mains, puis commença son récit.

Quand il eut fini d'expliquer dans quelles conditions ils avaient été arrêtés, à quels mobiles avait obéi l'ingénieur en ne le suivant pas dans son évasion dangereuse, Mme Gaspard lui tendit la main.

« Merci, mon ami, lui dit-elle, pour les nouvelles réconfortantes que vous avez apportées et pour tous les détails intéressants que vous nous avez donnés.

— Et maintenant, que comptez-vous faire, Convent? interrogea M. Bontemps.

— Réformé autrefois, monsieur l'ingénieur, solide aujourd'hui, j'ai projeté de m'engager.

— Alors, Convent, tu partiras avec mon ami Georges et avec moi.

— C'est cela, monsieur Jacques, oh! pardon, Jacques. Nous profiterons de la même voiture et nous irons ensemble aider les camarades à chasser le Boche maudit. »

CHAPITRE III

ENGAGÉS

**1. Au bureau de recrutement. — 2. Pauvre vieux! — 3. Les bleus.
4. Le cousin Walter.**

Vers la fin du mois d'août, Jacques, Georges et Convent se présentaient au bureau de recrutement de Saint-Étienne.

Dans la grande salle, c'est un brouhaha extraordinaire.

Nombreux sont ceux qui, exemptés du service militaire par l'âge ou la maladie, viennent à cette heure offrir leurs services à la patrie.

Nombreux sont les étrangers qui, reconnaissants à la France de la généreuse hospitalité qu'elle leur accorde depuis des années, viennent payer leur dette de gratitude en lui offrant leur sang.

Côte à côte se trouvent des hommes de tout âge, de toutes conditions, des civils, de vieux militaires retraités.

Un homme d'une cinquantaine d'années se présente, accompagné d'un jeune homme.

« Ancien sergent d'infanterie coloniale, annonce le vieux, qui porte à sa boutonnière le ruban jaune de la médaille militaire. Mon fils et moi, nous venons nous engager. »

Un instant après, c'est une scène plus touchante encore.

Un homme assez âgé vient se faire inscrire.

« Mon gars a été tué au commencement d'août, en Alsace, je désire le remplacer, » déclare-t-il simplement.

O France ! O chère patrie ! combien fort doit être l'amour que l'on a pour toi pour qu'il puisse inspirer de si nobles sacrifices !

Les trois jeunes gens se présentent à leur tour devant l'officier qui reçoit les engagements.

Le surlendemain, ils comparaissaient devant le conseil de revision.

« Bons pour le service ! » crient, tout joyeux, nos trois amis, qui dégringolent les escaliers en sautant comme des gamins.

Un homme aux cheveux grisonnants, habillé en ouvrier aisé, stationne devant la mairie. Il aborde les jeunes gens, leur demande un renseignement, puis, discrètement, l'air bonasse, les interroge sur leur situation militaire. Il gémit alors sur les horreurs de la guerre, vante les bienfaits de la paix.

« Le vin est tiré... il faut le boire, mon cher monsieur, » répond Convent.

L'homme se lamente hypocritement sur le sort de tous les soldats qui sont tombés, qui vont tomber, en pleine force, en pleine jeunesse.

« On ne meurt qu'une fois, mon brave homme ; autant bien mourir et pour une cause utile, » continue Convent.

L'homme insiste, parle des causes de la guerre, des responsabilités, partagées, assure-t-il, entre tous les gouvernements.

« Nous combattons, interrompt Jacques, qui commence à s'échauffer, pour chasser de France un ennemi brutal et sanguinaire qui, par ses atrocités, s'est exclu de l'humanité civilisée. Nos alliés et nous, nous ne faisons pas une guerre de conquêtes, mais une guerre de défense.

Comprenant que les choses allaient mal tourner pour lui, l'homme s'éclipse vivement sans rien répondre.

« Ce citoyen-là, murmure Convent, a une tête qui ne me revient pas. Je grave son signalement dans un coin de ma cervelle. Cela peut nous être utile un jour.

— C'est un mécontent, Convent.

— A moins que ce ne soit, Jacques, un des fauteurs de désor-

4

dres expédiés par l'Allemagne pour amener en France une révolution favorable à ses intérêts, une révolution qu'elle avait escomptée et qui ne s'est pas encore produite. »

*   *

Au moment même où les trois jeunes gens sont sur le point de s'éloigner, un vieux d'une soixantaine d'années, vêtu en paysan, s'approche d'eux.

« Est-ce là, demande-t-il en montrant la mairie, qu'a lieu le conseil de revision?

— Oui, monsieur, lui répond Convent.

— Savez-vous s'il y a encore des petits qui passent?

— Oui, monsieur.

— Alors mon gars est là. Je lui avais donné rendez-vous à la sortie, je vais l'attendre. Vous en venez sans doute, vous aussi?

— Oui, monsieur, et nous sommes tous les trois reconnus bons pour le service.

— J'espère bien qu'on ne le refusera pas, lui non plus.

— Vous paraissez bien tenir à ce qu'il parte.

— Je serais désolé si on ne le prenait pas. C'est pourtant mon dernier. J'avais trois autres fils, ils sont déjà morts, tués en Alsace.

— Pauvre vieux! murmure Convent.

— Pauvre monsieur! dit Jacques. Combien grande doit être votre douleur! Combien belle est la résignation avec laquelle vous acceptez ce nouveau sacrifice! »

Les yeux du paysan devaient être doux à l'habitude, tout remplis des grands horizons, du beau ciel bleu, du vert des bois et des prairies, du jaune d'or des épis blonds.

Un éclair vient de les traverser, éclair de haine farouche, réfléchie, et par cela même plus implacable.

« Je ne l'accepte pas seulement, jeune homme, je le désire. Si le petit tombe à son tour, je partirai pour le remplacer. Je suis un pauvre vieux que le malheur aurait dû briser, mais que la soif de vengeance a rajeuni. Je viens du nord...

— Nous aussi.

— Alors vous avez vu ce qu'ils ont fait. »

La taille du paysan un peu voûté s'est redressée. Il semble grandi, sa voix est dure, tranchante.

« Avant la guerre, continue-t-il, j'étais un cultivateur aisé. J'avais une grande ferme, six solides chevaux, une douzaine de vaches, des granges pleines de paille et de foin, des greniers remplis de grain, des arpents de riche terre. Je vivais tranquille entre ma femme, mes deux filles et mes quatre fils, gars sérieux et rudes à l'ouvrage.

« Un matin, il y a quelques jours, les barbares sont arrivés pendant mon absence.

« J'étais allé conduire mon dernier à Cambrai pour lui permettre de filer sur Paris.

« Bien m'en a pris. Ils l'auraient fusillé ou emmené prisonnier en Allemagne. Les trois autres avaient déjà rejoint leur régiment.

« Quand je suis rentré à la maison, les Allemands étaient là. Ils s'étaient installés chez moi comme en pays conquis. Ils avaient déjà dévalisé la cave, bu outre mesure. Ils étaient ivres.

« Alors, mes enfants, sous mes yeux, ils étranglèrent les poules et les lapins, ils éventrèrent mes vaches et mes chevaux.

« Je serrais les poings, mais je me maîtrisais, ma pauvre femme ayant jeté vers moi un regard plein de supplication.

« Elle et mes filles imploraient à genoux les barbares qui riaient en continuant leur infernale besogne.

« Un lieutenant, qui assistait impassible à cette scène de carnage, se tourna brusquement vers nous.

« — Nous punissons les Français qui sont des êtres méchants et « pervertis, des hommes sans courage. Nous en débarrasserons le « monde et nous occuperons votre beau pays tout entier. Alors « l'Allemagne sera plus forte, elle sera la maîtresse de l'univers. « On a tué vos animaux, on va brûler votre maison, » dit-il sauvagement.

« Accablées par cette menace, les femmes sanglotaient.

« Moi, je me suis révolté.

« — Vous êtes des brutes, ai-je crié, des lâches ! »

« L'officier fit un signe, donna un ordre. Les soldats m'entourèrent.

« — Tu vas voir d'abord la belle flambée, me dit-il, après tu « mourras. »

« Ils ont mis le feu à la maison, aux granges, aux écuries, aux étables, à tous nos bâtiments.

« Pendant que les incendiaires dansaient autour du brasier, des troupes passaient au loin qui hurlaient des chansons, et nous, les yeux égarés, à demi inconscients, nous regardions, impuissants, brûler tout notre bien.

« Jusqu'à la fin, il nous fallut assister à ce spectacle torturant.

Quand il ne resta plus que des murs branlants, que des poutres à demi calcinées brûlant encore, que des squelettes d'animaux tordus et tout noirs, alors ils ont voulu m'emmener.

« Je me suis baissé pour embrasser une dernière fois ma pauvre vieille. Toujours à genoux, la tête appuyée contre une borne, elle semblait dormir.

« La malheureuse était morte, morte de frayeur.

« Les deux filles, affolées, s'accrochèrent alors à moi.

« D'un coup de revolver l'officier les a abattues à mes pieds.

« J'ai sauté à la gorge de l'assassin et je l'ai étranglé.

« Les forces décuplées, j'ai repoussé les soldats et j'ai fui, droit devant moi. J'ai pu gagner les lignes françaises et rejoindre mon petit à Paris.

« Nous sommes venus tous les deux retrouver des parents à Saint-Étienne.

« Vous comprenez maintenant pourquoi je veux aujourd'hui donner mon dernier à la France.

« Je vais rester seul, tout seul avec ma douleur, avec ma haine, avec la pensée d'un avenir de sombre solitude.

« Qu'il parte cependant, je ne me plaindrai pas.

« Il faut venger les maisons détruites, les clochers abattus, les usines en ruine. Il faut venger les femmes, les enfants, les vieillards qu'ils ont tués; il faut délivrer notre chère terre de France qu'ils souillent par leur présence.

« Jusqu'au bout nous ferons la guerre. Si tous les jeunes gens sont morts avant la victoire, nous, les vieux, nous prendrons le fusil. »

Un petit gars imberbe, à la figure rayonnante de joie, vient de sortir en courant de la mairie.

« Papa, crie-t-il en apercevant le paysan, ils m'ont pris, je vais partir.

« Pendant que les incendiaires dansaient autour du brasier... »

— Je suis bien heureux, mon fils. »

Tous les deux s'étreignent longuement, pendant que nos trois amis, émus par le récit du paysan, essuient leurs yeux humides.

⁂

L'incorporation des trois jeunes gens ne tarda pas à suivre leur comparution devant le conseil de revision.

Le 5 septembre, ils étaient soldats dans le même régiment. Ils appartenaient à la même compagnie et à la même escouade. Dorénavant ils allaient donc toujours vivre ensemble.

Ce jour-là une grande nouvelle se répandit comme une traînée de poudre dans la France entière, frémissante d'enthousiasme et d'espérance.

L'armée allemande était arrêtée à la Marne.

Une grande bataille se livra là du 5 au 12.

Sur tout le front, les Barbares étaient bientôt contraints au recul.

Partout, dans les plus riches demeures comme dans les plus humbles chaumières, on suivait depuis plusieurs jours avec anxiété les phases de la gigantesque bataille d'où dépendait le sort de la France et de la civilisation, et quand on connut la grande victoire, on se sentit soulagé.

En attendant d'être mobilisables, tous les jours, matin et soir, les trois jeunes gens vont à l'exercice, au champ de tir ; ils font des marches ou des exercices de service en campagne. Ils apprennent le dur métier de soldat.

Le soir, à cinq heures, dès que le quartier est déconsigné, Georges et Jacques accourent chez M. Bontemps.

Convent, trop discret pour abuser de la généreuse hospitalité qui lui était offerte, venait seulement, de temps en temps, passer la soirée avec ses deux amis.

Bien souvent Odette et Blondinette se rendaient jusqu'au terrain de manœuvres pour voir les bleus et les admirer.

Elles avaient bien ri, la première fois, quand elles avaient aperçu les trois jeunes soldats en bourgeron et pantalon blancs.

« Vous ressemblez à un pâtissier, avait dit le soir même la moqueuse Odette à son ami Jacques.

— Et moi? avait demandé Georges.

— Vous, répondit Blondinette, vous avez tout l'air d'un maçon.

— Farine et plâtre, cela vous change un peu du noir de la mine, messieurs les ingénieurs, » avait interrompu M. Bontemps, qui se plaisait dans la société de cette rieuse et insouciante jeunesse.

Au milieu de cette gaieté ambiante, Mme Bontemps et Mme Gaspard n'osaient montrer leur chagrin, leurs soucis, et toutes deux aimaient à s'isoler pour se communiquer leurs alarmes.

Dans une carte très brève, M. Gaspard avait donné de ses nouvelles. Il était au camp de Cassel. Sa santé était bonne. Il réclamait seulement de l'argent, des vêtements chauds et surtout des colis de pain et de victuailles.

De ce côté elles étaient donc à peu près tranquilles.

Ce qui les tourmentait, c'était la pensée du départ prochain de leurs fils, c'était la pensée de la séparation douloureuse, de l'adieu peut-être éternel.

Comme toutes les mères, elles étaient un peu égoïstes. Elles tentaient de se rassurer l'une l'autre en se répétant que la guerre finirait sans doute bientôt et que leurs petits seraient épargnés.

L'hiver était venu et l'on s'était terré dans les tranchées, mais au printemps 1915 la tuerie avait recommencé.

A la fin du mois de mai, à l'heure même où l'Italie se range à nos côtés, le régiment de Jacques, de Georges et de Convent va quitter Saint-Étienne, pour aller remplacer un autre régiment, au front depuis le début des hostilités.

Les trois jeunes gens sont heureux. Ils vont enfin se battre.

La veille du départ, quelques recrues alsaciennes sont arrivées pour renforcer les effectifs. On les a reçues au cri de : « Vive l'Alsace! »

Hommes et jeunes gens, nés de parents français restés en pays annexés, incorporés autrefois dans des régiments allemands ou soumis à la loi militaire allemande, ont tout quitté à l'annonce de la mobilisation. Ils ont traversé la frontière et sont venus se mettre à la disposition de la France.

La compagnie de nos trois amis compte quatre de ces recrues, dont l'instruction militaire a été commencée ou complétée à Lyon.

Le sergent fourrier appelle :

« Walter Louis.

— Présent! répond un grand gaillard taillé en Hercule.

— Walter Louis! » s'exclame Jacques, qui s'approche du nouveau venu.

Celui-ci s'est retourné.

« Jacques! s'écrie-t-il.

— Louis! »

Les deux cousins, qui ne se sont pas revus depuis de longues années, se sont cependant reconnus.

« Toi ici, mon grand Louis!

— Oui, Jacques, Franz et moi nous sommes venus tous les deux. Lui est resté à Lyon, il est élève officier. Je t'ai écrit au mois d'août pour t'annoncer notre arrivée. N'as-tu rien reçu?

— Je n'ai rien reçu, comme tu dois le penser. Je supposais bien que tu ne resterais pas là-bas, mais je n'espérais pas avoir l'heureuse chance de te rencontrer. Comment vont le père et la mère, les petits?

— Bien, Jacques, ou du moins ils allaient bien quand je les ai quittés. Et Blondinette?

— Nous avons été obligés d'évacuer, elle est ici.

— Avec M. et Mᵐᵉ Gaspard, avec Odette?

— M. Gaspard est prisonnier.

— Ils l'ont arrêté! Quels bandits!

— Un camarade que voici, l'ami Convent, nous a rassurés sur son sort dès les premiers jours. Nous savons qu'il est maintenant au camp de Cassel, il nous a écrit. Quant à maman Gaspard, à Odette et Blondinette, elles sont chez M. Bontemps, un vieil ami de M. Gaspard, le père de mon ami Georges, que je te présente. »

Georges et Convent échangent avec Louis Walter une solide et cordiale poignée de mains.

— Quand es-tu arrivé en France, mon grand Louis?

— Dans la nuit du 1ᵉʳ au 2 août. Le 31 juillet nous avions été prévenus que l'ordre de mobilisation serait affiché incessamment. Le soir, à neuf heures, le père nous a dit, à Franz et à moi :

« — Il faut que vous partiez immédiatement, mes enfants.

« L'heure est venue de prouver que nous nous souvenons. Depuis

« le jour maudit où l'Allemagne, par une spoliation inique, a séparé
« l'Alsace-Lorraine de la France, nous attendons ce moment rêvé.

« Vous savez pourquoi, après la signature du traité de Franc-
« fort, nous sommes restés ici, vos grands-parents et moi; vous
« savez pourquoi nous avons accepté de devenir Allemands de
« nom tout en restant Français de cœur; vous savez pourquoi nous
« avons, depuis quarante-cinq ans, supporté sans faiblir toutes les
« injustices, toutes les vexations, toutes les injures.

« C'était pour conserver le petit patrimoine péniblement amassé
« par les ancêtres, c'était pour empêcher les Allemands de germa-
« niser complètement nos chères provinces. Si nous étions tous
« partis, des Prussiens seraient venus qui nous auraient remplacés.

« Je vous ai cependant élevés dans l'amour de la vraie patrie
« qui est là-bas, de l'autre côté des Vosges, dans le culte du drapeau
« tricolore. Je vous ai appris la belle langue française dont nous
« nous servions entre nous, tous les jours.

« L'heure est venue de montrer que nous, Alsaciens-Lorrains,
« nous n'avons pas oublié.

« Vous, les deux aînés, seuls capables de porter les armes, je
« vous donne à la France. Partez, allez vite la défendre, allez vite
« aider vos frères à lui rendre les deux sœurs, demeurées fidèles à
« son souvenir. Nous vous attendrons ici, résignés, prêts à sup-
« porter de nouvelles tortures qui ne manqueront pas de nous être
« infligées. »

« Alors le père et la mère nous ont bénis. Nous nous sommes
tous embrassés longuement. Petits et grands, nous pleurions.

— Comment avez-vous pu vous échapper, Franz et toi?

— A la nuit noire, munis de notre petit bagage, nous sommes
partis sans bruit, comme des voleurs, pour ne pas éveiller l'attention des vrais Allemands qui nous espionnent depuis toujours dans
notre joli village.

« Le lendemain matin nous étions à la frontière. Impossible de
la franchir, elle était trop bien gardée. Durant toute la journée,
nous nous sommes cachés sous un grand sapin. La nuit suivante,
en rampant à travers bois, nous avons pu gagner la France. Et me
voilà, prêt à la servir. J'espère que Franz me rejoindra bientôt et
que nous pourrons, côte à côte, lutter pour elle jusqu'à la mort. »

Nos trois amis, émus jusqu'aux larmes, serrent à les briser les mains de Louis.

Leur capitaine, M. Garrigues, se trouvait derrière eux. Il a tout entendu.

« Vous voilà en famille, mes gaillards, dit-il en souriant; cela vous mettra du cœur au ventre pour taper sur les Boches. Vivent l'Alsace et ses braves enfants !

Il y eut le soir un convive de plus chez M. Bontemps.

Louis Walter s'extasia devant Blondinette, qu'il avait vue petite fille et qu'il retrouvait grande demoiselle.

Ce fut malheureusement la dernière soirée passée en famille.

Le lendemain le régiment partait.

Quand il passa devant la maison de M. Bontemps, toute la famille se précipita aux fenêtres.

Odette et Blondinette jetèrent des fleurs aux soldats.

Des fleurs? Il y en avait partout : au bout des fusils, sur les capotes, sur les chevaux, sur les voitures.

La compagnie dans laquelle se trouvaient les quatre amis défile à son tour. Jacques, Georges, Convent et Louis sont en tête, en première file.

Longtemps, bien longtemps, ils se retourneront pour faire des signes d'adieu à ceux qui restent, les yeux en larmes, le cœur meurtri.

CHAPITRE IV

SUR LE FRONT

**1. Le départ. — 2. Vers le front. — 3. En sentinelle.
4. Alerte.**

Le 1ᵉʳ bataillon, celui de nos amis, doit partir dans une heure.

Il est massé en carré sur la place de la gare. Au milieu se trouvent la musique et, face au colonel, le drapeau protégé par sa garde d'honneur.

Un commandement bref retentit :

« Baïonnette au canon ! »

Un rapide cliquetis de fourreaux heurtés, l'éclair de l'acier, un scintillement au soleil. Les soldats sont prêts.

« Présentez armes ! »

Les soldats attendent, immobiles, muets.

Alors le colonel parle :

« Officiers, sous-officiers et soldats,

« Pour la dernière fois, avant votre départ au front, je vous présente le drapeau. En lui, vous saluez vos bois, vos champs, vos ruisseaux, vos maisons et vos clochers; en lui, vous saluez les vieux restés au foyer, vos femmes et vos petits, vos fiancées, vos sœurs; en lui, vous saluez la France, son passé fait de gloires et de tristesses, d'amour éternel de la liberté, de la justice et de l'humanité, son présent fait d'héroïsme surhumain, son avenir qui sera la prospérité dans la paix.

« Emblème sacré de la patrie, nous jurons de mourir s'il le faut pour te défendre.

« Au drapeau ! »

La musique joue, les tambours battent, les clairons sonnent. Le colonel salue de l'épée. Une émotion profonde étreint les cœurs en cet inoubliable instant.

Quelques minutes plus tard, groupés sur le quai d'embarquement, les hommes attendent l'ordre du départ.

Dans un coin du wagon de marchandises aménagé pour le transport des troupes, on a prestement casé tout le bagage du soldat, le sac, les équipements, le bidon, la musette, le fusil.

On a accroché un peu partout les drapeaux tricolores et les bouquets de fleurs offerts par la population.

Celle-ci a tenu à accompagner les soldats jusqu'au bout.

Une foule énorme de parents et d'inconnus se presse derrière les grilles, qu'elle déborde bientôt. Les femmes envahissent les quais. Les officiers ont laissé faire, en souriant.

Ce sont les dernières recommandations, c'est le dernier adieu, le dernier baiser avant le départ pour l'inconnu, pour la gloire, pour la mort.

Une sonnerie de clairon se fait entendre. Le moment est venu d'embarquer. Les soldats escaladent les marchepieds des wagons, riant, chantant, plaisantant, heureux comme des gamins.

Quelques retardataires serrent encore des mains, pressent une dernière fois les leurs dans les bras.

« Allons, lambins, embarquons ! » crie un lieutenant qui marche le long du train.

L'officier s'efforce de faire la grosse voix, mais son bon sourire dénote l'indulgence.

Un coup de sifflet strident déchire l'air. Lentement le train démarre.

Les soldats chantent la *Marseillaise*, brandissent leur képi, crient : « Vive la France ! »

Ceux qui restent envoient des baisers avec la main, agitent leur mouchoir.

C'est fini !

Ton fils ne t'appartient plus, bonne mère. Ton mari n'est plus à toi, ô femme. Ton fiancé n'est plus tien, jeune fille. Tous sont à la France.

Jacques, Georges, Convent et Louis Walter, le *quatuor*, comme les a surnommés leur caporal, Parizot, un Parisien toujours rieur, devisent gaiement en regardant par la portière. Le voyage sera long, et, pour ne pas sentir la fatigue, pour oublier aussi l'heure de la séparation, il faut s'occuper un peu l'esprit.

« Dijon ! Une heure d'arrêt ! Buffet ! » crie un loustic.

On descend pour se dégourdir les jambes, pour courir chercher de l'eau fraîche.

Sous le grand hall plein de mouvement un train passe lentement, un train sanitaire rempli de blessés.

Tous les hommes valides qui sont là, tous ces hommes auxquels le même sort est sans doute réservé, se sont mis au garde à vous. Ils saluent la file interminable des wagons dans lesquels souffrent et agonisent des camarades, épaves de la grande guerre.

Un peu de tristesse et d'appréhension, de la pitié, c'est une impression d'un moment !

Dès qu'on est remonté en wagon, on a vite fait d'oublier la vision passée.

Le soir est venu. Une lanterne, maigre lumignon accroché au plafond, éclaire faiblement le grand wagon sombre. Peu à peu les pipes s'éteignent, les conversations cessent. On cherche la bonne place pour dormir.

Un dernier bon mot est lancé comme bonsoir :

« Bonne nuit, les gars ! Demain je vous embrasserai tous sur le front. »

Tout courbaturé par une nuit de mauvais sommeil passée sur la dure banquette de bois, on se réveille de bonne heure.

Le train est arrêté en pleine campagne.

Dans le ciel brumeux on distingue des aéroplanes qui circulent, évoluent. Un champ d'aviation doit être proche. On aperçoit une gare, très voisine.

« Dans quel centre important sommes-nous? demande le loustic
de la veille à une garde-barrière qui, debout près de sa maison-
nette, tient à la main un drapeau rouge enroulé.

— C'est le Bourget, monsieur.

— Le Bourget! Nous ne sommes pas encore arrivés, je vais me
recoucher. »

*
* *

C'est là cependant que doit descendre le bataillon, qui va gagner
le front par étapes.

Cette décision cause un certain désappointement à nos quatre
amis, qui brûlaient d'être conduits tout de suite sur la ligne de feu.
Ils se consolent en songeant à la bonne vie qu'ils vont mener, la
bonne vie rêvée de nomade des soldats en manœuvres.

A trois heures du matin l'on se lève et, pour chasser le sommeil,
l'on se plonge vivement la tête dans un seau d'eau bien froide. On
part alors, frais et dispos, après avoir mangé un morceau et bu un
bon café.

On avale trente ou quarante kilomètres en chantant. On peste
un peu contre la chaleur, contre la lourdeur du sac et du fusil,
contre la longueur des étapes. S'il en était autrement, le soldat
français ne serait pas le digne descendant des grognards de Napo-
léon.

L'heure de la grand'halte arrive, et tout est oublié.

Les faisceaux sont formés. Les équipements et les capotes enle-
vés, on se roule un peu sur l'herbe.

« A l'eau, les gars! » crie le caporal.

C'est vrai, il faut penser à préparer le café, le bon jus du soldat.
Des hommes sont partis, munis de leur seau de toile.

Le cuisinier de l'escouade construit un fourneau. Au revers d'un
fossé, un trou est creusé à la hâte, une cheminée primitive est rapidement ébauchée à l'aide de quelques pierres. Les petits fagots de
bois posés sur le sac avant le départ ont été vite défaits.

Pendant que le feu s'allume, que l'eau bout dans la marmite, on
déjeune sur le pouce d'une sardine, d'un morceau de viande froide,
de fromage, et l'on dévore le tout, arrosé d'un quart de vin, avec

un jeune et robuste appétit aiguisé par la marche et le grand air.

Une bonne odeur chatouille agréablement les narines. Le café est à point. Un bonnet de coton est sorti du sac. Voilà tout trouvé un filtre très pratique et très transportable.

Le café bu, on fume une bonne pipe et l'on fait une petite sieste à l'abri d'une meule, d'une gerbe, d'un tronc d'arbre.

Bientôt sonne le *garde à vous*, et les dormeurs s'éveillent.

En route pour le cantonnement!

Il est tout proche, heureusement, car les jambes sont un peu raides.

A peine est-on arrivé que l'on court à la recherche d'un baquet d'eau pour faire disparaître la sueur et la poussière qui encrassent les mains et le visage.

Les souliers de repos ou les chaussons remplacent les brodequins, et cela délasse les pieds endoloris.

On flâne dans le village, comme des bourgeois oisifs, en attendant l'heure de la soupe.

Après le dîner on s'empresse de se fourrer dans la paille ou le foin pour dormir, car le lendemain il faut se lever encore avec le jour.

Trois jours après le départ du Bourget, les 2° et 3° bataillons rejoignent le 1° aux portes de Senlis.

Le régiment, au complet, traverse la ville en suivant la grande rue, dont toutes les maisons ont été entièrement incendiées par les Allemands lors de leur ruée sur Paris.

Les soldats ont cessé de parler et de chanter.

Ils pensent, ils se recueillent comme on se recueille dans un cimetière.

Le bruit cadencé des pas résonne seul en écho entre les murs restés debout.

Ce n'est pas le canon qui a détruit ici, c'est le feu qui a tout dévoré : les chers souvenirs de famille transmis pieusement de père en fils, les meubles modestes ou riches, les parquets, les chevrons des toits.

Les décombres et les cendres se sont accumulés entre les murs, squelettes noircis, seule chose qui subsiste de ce qui fut la maison familiale.

Il lui enfonce la baïonnette dans le ventre.

Jacques a regardé Georges sans rien dire.

« Pompéi ! » murmure celui-ci.

Pompéi ! malheureuse cité ensevelie sous les cendres du Vésuve, retrouvée, dégagée et restaurée après des siècles. Pompéi ! lieu de pèlerinage pour ceux qui veulent revivre un passé antique et glorieux, pour ceux qui veulent rêver dans les ruines d'une ville morte. C'est bien à l'une de tes avenues désertes et froides que doit ressembler cette rue de Senlis.

Là-bas, c'est une force aveugle et brutale qui a détruit des maisons, englouti des richesses, desséché ou carbonisé des corps.

Ici, ce sont des hommes fiers de leur civilisation, leur kultur, qui ont commis cette abomination.

Ayant trouvé un prétexte pour excuser leur crime, ils ont allumé l'incendie dans chaque maison, puis, complétant leur œuvre, ils ont lâchement fusillé le maire, un vieillard, dont on a retrouvé le corps enfoui dans un coin de prairie, les pieds en l'air.

« C'est affreusement triste ! murmure Georges.

— Il faudrait conserver ces ruines, répond Jacques, les soigner comme des reliques, comme on soigne celles de Pompéi. Il faudrait, afin que cela demeure éternellement écrit, graver ces mots sur une plaque de marbre : *Œuvre des Allemands*. Les générations futures viendraient ici puiser, au milieu de ces restes éloquents, le mépris et la haine pour ceux qui ont sali le nom d'hommes. Il ne faut pas qu'on oublie. »

Le régiment s'est arrêté devant la gare, dont il ne reste plus que la carcasse. Elle ressemble à un vieux château délabré, nid de hiboux et de chouettes perché sur une colline.

Le colonel parle une fois encore.

« En traversant les rues de la ville incendiée, vous avez vu des ruines. Là-bas, sur le front, nous en retrouverons d'autres. Tout cela est l'œuvre des Allemands contre lesquels nous allons nous battre. Souvenez-vous. »

⁎
⁎ ⁎

Dans le village où nos amis s'arrêtent avant de gagner les tranchées, quelques habitants, fidèles à leur terre, sont restés, vivant continuellement avec les soldats, cultivant leurs champs sous les obus.

Quand la canonnade est trop vive, quand les projectiles pleuvent trop dru, tout le monde se précipite dans les caves ou les celliers, dans les cagnas, abris bien protégés ou demeures souterraines plus ou moins vastes établies à plusieurs mètres sous terre. Peu de maisons restent debout, c'est donc dans ces refuges que l'on vit généralement.

Le 1er bataillon ne reste pas longtemps au repos. Le lendemain soir, à six heures, il part pour les tranchées.

L'escouade des débrouillards — c'est ainsi que le capitaine Garrigues avait surnommé Parizot et ses hommes — a été désignée pour être de garde au poste d'écoute, tout à fait en première ligne, à quelque cinquante mètres des Boches.

On quitte le village, caché dans un vallon; on suit, sur deux kilomètres environ, une route légèrement montante, encaissée entre deux talus, endroit commode pour se défiler. Elle est cependant semée de trous d'obus et de fondrières.

On s'enfonce à droite dans un étroit boyau qui vient finir à cette route. C'est un chemin de repli et d'approche, établi dans les bois et bien dissimulé aux yeux indiscrets des observateurs d'avions. On l'utilise pour la relève, le ravitaillement ou la retraite.

Malgré les rondins de bois et les claies qui sont posés à terre, il est humide et boueux.

Il semble à Jacques, à Georges et à Convent qu'ils sont transportés dans une galerie de mine, mais une galerie à ciel ouvert.

Voici, coupant ce boyau et longeant la crête de la colline, la première ligne de tranchées qui, vue à vol d'oiseau, présenterait l'aspect d'une ligne brisée. C'est la tranchée de renfort, celle qui est organisée pour la défense à outrance.

En jetant un coup d'œil rapide par un créneau, on distingue vaguement, à cette heure où le jour tombe, le tracé de deux ou trois lignes de tranchées légères, reliées entre elles par des cheminements creusés en zigzag. Elles s'étendent en avant de la première, parallèlement à elle, à une distance de 100 à 150 mètres les unes des autres. Au delà, c'est un champ de fils de fer enchevêtrés, une forêt de chevaux de frise.

Plus loin, se confondant avec le paysage, on devine les lignes de défense allemandes.

L'escouade du caporal Parizot laisse le bataillon s'installer dans ce secteur. Elle suit un instant la première tranchée, luxueusement organisée.

Grâce à un plancher, pas de trace d'humidité. Les terres des parois sont soutenues par de solides étais. Le dessus est plafonné à l'aide de lourds madriers surchargés de sacs de sable. On est à l'abri des balles et des schrapnells.

De place en place s'ouvrent des créneaux pour le tir des guetteurs ou des mitrailleurs qui peuvent facilement décimer les assaillants.

« Ici, mes enfants, dit le caporal Parizot à ses hommes, c'est le dernier cri du confort au front. Ne vous attendez pas à trouver autant de bien-être là où on nous envoie. »

Les débrouillards prennent à gauche un boyau de cheminement. Ils traversent les deuxième et troisième lignes de tranchées et atteignent enfin la première, en avant de laquelle, à quelques pas, ils trouvent le poste d'écoute.

S'il faisait grand jour, les Boches pourraient très bien voir les nouveaux arrivants, qui marchent d'ailleurs, par surcroît de précaution, le dos courbé, presque à quatre pattes. On patauge dans la boue, on se heurte aux parois, on trébuche contre des obstacles.

« Ouvre l'œil, mon colon, dit le caporal de poste à Parizot. Ces animaux-là sont bien remuants depuis quelques jours. Leur artillerie a démoli hier tout le système de fils de fer barbelés et de chevaux de frise établi en face de nous.

— Ne t'émotionne pas, mon fils, je connais le métier et je veux l'apprendre à ces enfants que l'on m'a confiés.

— Alors, au revoir, père nourricier... et bonne chance. »
La relève est faite.

Jacques examine le périscope, espèce de lunette dépassant le parapet et permettant, sans être aperçu, de suivre le jour les mouvements de l'ennemi. Gare à l'imprudent qui sortirait son nez hors du boyau. Il y a là-bas des tireurs qui attendent patiemment, comme un chat guettant la souris, le moment d'exercer leur talent, de *faire un carton*, comme disent nos poilus.

« Allons, mes enfants, dit Parizot, installons-nous pour nous reposer un peu et somnoler. Vaillant veillera sur nous. »

Les gars de l'escouade regardent autour d'eux.

S'installer pour dormir ! Il en dit de bonnes, le caporal Parizot. Il y a au moins dix centimètres d'eau et de boue liquide au fond du boyau, et les côtés, tout ravinés par la pluie, offrent un siège dénué de tout confort.

Le caporal s'assied dans un trou ouvert au revers de la paroi. Il pose les coudes sur les genoux, se cale la tête dans les mains.

« Bonne nuit ! dit-il. Au moindre bruit suspect ne craignez pas de nous réveiller, Vaillant. Surtout, mes petits, pas de pipes allumées, pas d'allumettes enflammées. Cela pourrait nous coûter cher. Pour regarder l'heure à votre montre, Vaillant, servez-vous de la lampe électrique de poche, en ayant bien soin de vous baisser et d'opérer rapidement. Dans deux heures nous passerons la faction à Bontemps.

Tant bien que mal les jeunes gens se sont installés. Ils tombent de sommeil, ils s'endorment.

Les oreilles tendues, car dans la nuit noire les yeux ne servent plus à rien, Jacques veille.

Il veille en conscience, comme doit le faire la sentinelle sur laquelle se reposent les camarades.

Lui aussi sent le sommeil l'envahir. Il se raidit cependant, comme il se raidissait autrefois quand il voulait travailler le soir, après sa journée de dur labeur.

Ses yeux s'habituent peu à peu à l'obscurité et, simple effet de son imagination, il croit distinguer dans l'ombre épaisse des ombres plus noires encore qui s'agitent confusément, s'approchent de lui, l'enveloppent, s'éloignent, reviennent.

Il frissonne.

Un rat passe dans le boyau, une marmotte sort de terre, un mulot glisse dans l'herbe.

Il tressaille.

Dans l'impressionnant silence nocturne de la campagne au repos, le bruit le plus léger s'étend, s'amplifie démesurément, fait trembler celui qui veille.

Il faut avoir les nerfs bien solides pour résister, surtout la première fois, à la peur du noir et de la solitude.

Jacques a tremblé aussi, comme tous les autres, comme les plus braves.

Peu à peu il se domine, et maintenant que le voilà plus calme, il pense.

A qui peut-on penser quand on est tout seul, perdu entre le ciel et la terre ainsi que le marin entre le ciel et l'eau?

A qui peut-on penser? Au pays natal.

Le Breton revoit ses landes monotones et cependant regrettées, couvertes à l'infini d'ajoncs et de genêts, semées de dolmens et de menhirs. Le Savoyard revoit les hauts sommets neigeux, les vallées vertes et fraîches de ses montagnes. Le Provençal, sa Méditerranée bleue, son ciel d'azur foncé, ses vignes accrochées au flanc des coteaux, ses oliviers bas et drus dont le mistral fait onduler les cimes argentées. L'homme du Nord revoit ses vastes plaines, légèrement bossuées, couvertes à perte de vue de céréales d'or ou de betteraves au feuillage luisant.

A qui peut-on penser?

Aux siens, à ceux, chers à notre cœur, qu'on a laissés peut-être pour toujours.

Vos douces images, Odette et Blondinette, viennent caresser le petit soldat. Puis il vous oublie un peu pour penser à ses bons parents d'adoption, à ses amis dévoués. Il revit son enfance heureuse, il évoque le souvenir des chers disparus.

Il rêve aussi, rassurante chimère, à l'avenir si plein de belles promesses de bonheur.

* *
*

Jacques s'arrache brusquement à ses songes.

Il a entendu un bruit insolite, il a perçu un murmure de voix, un frôlement sur la terre. Il écoute longuement, avec attention.

Drelin! drelin! drelin!

Une clochette, encore accrochée à l'un des fils bouleversés la veille, a tinté dans la nuit.

« Alerte! dit Jacques à voix basse en secouant le caporal Parizot.

— Alerte! » répond celui-ci, subitement réveillé.

Tout le monde est debout. On n'a pas à sauter bien loin pour prendre le fusil, on le tenait serré entre les jambes.

« Convent, ordonne Parizot, filez jusqu'au poste de commandement du capitaine. Qu'on envoie au-dessus des fils de fer quelques fusées éclairantes. Le bal va commencer, il faut allumer les lampions. »

Convent est parti.

« Maintenant, mes petits, continue le caporal, tâchons de nous distinguer, le grand moment est arrivé. Du calme, beaucoup de calme. Ce ne sera peut-être qu'une alerte, mais si l'affaire est sérieuse, préparons-nous. Placez-vous cinq à gauche, cinq à droite du boyau, accotez-vous solidement, sans trop faire dépasser la tête, et disposez-vous à tirer, sans hâte, en visant bien. »

Le ciel tout noir s'illumine soudain. Une chenille, semblable à celles qu'on lance dans les feux d'artifice, se promène là-haut, projetant une lueur lunaire sur ce coin si obscur il n'y a qu'un instant. Une autre monte, puis une troisième. Les fusées vont se succéder maintenant sans interruption.

« Là-bas, les voilà, crie le caporal Parizot. Feu à volonté! »

Les Allemands ont quitté leur tranchée de première ligne. Ils courent au milieu des fils de fer que leur artillerie a démolis. Quelques-uns ont pu franchir cet obstacle. Ils sont à quelques mètres du poste d'écoute.

Le premier, un grand gaillard solide, s'effondre comme une masse, tué presque à bout portant par Parizot qui hurle :

« Tiens! voilà pour toi, la grande asperge. »

Les autres tombent à leur tour, abattus par les gars de l'escouade.

« Ordre de nous replier jusqu'à la tranchée de troisième ligne, crie Convent, revenu d'accomplir sa mission. L'artillerie va donner.

— Allez, les petits, filez devant moi, je vous suis, » commande Parizot.

Quelques instants plus tard tous ont rejoint la tranchée indiquée.

« Attendez ici en réserve avec les autres, leur dit un lieutenant, sans tirer et sans vous montrer surtout. »

Après un instant d'hésitation, enhardie par le calme qui vient de succéder à la première fusillade, une vague d'assaut allemande s'élance, atteint notre première ligne.

Ta... ta... ta... ta... ta....

« Ah! ah! dit Parizot, le moulin à café commence le concert. »

Des balles, rasant presque la tête des nôtres, passent au-dessus de la tranchée, avec un *pfuit* rapide et affolant, un bourdonnement de mouches invisibles. La vague allemande décimée s'est arrêtée, hésitante. Tout à coup c'est un ronflement brusque, un miaulement de chat, bref, lugubre, puis un éclatement tout proche, des cris de terreur, de haine, d'agonie, des imprécations gutturales.

« Le 75 se met de la partie. Il va faire du bon travail, » continue le caporal.

Là-bas les fusées éclairent un horrible spectacle. Des morts et des mourants se tordent au milieu des fils.

« C'est affreux! murmure Georges, qui s'est risqué à jeter un coup d'œil au-dessus de la tranchée.

— C'est la guerre, Bontemps. Si tu ne veux pas être tué, tue,... » lui répond sentencieusement Parizot.

Tout en débitant tranquillement ces mots, le caporal bourre méthodiquement sa pipe et l'allume. Il en tire de longues bouffées en attendant les ordres.

Le calme du chef produit son effet.

Les bleus, un peu émus par les premiers coups de feu, ont repris leur sang-froid. L'impression première, désagréable, impérativement déprimante, du baptême du feu est passée.

Une deuxième et troisième vague allemande ont subi le même sort que la première.

« Baïonnette au canon ! » crie tout à coup un officier.

On va charger.

« Du courage, mes fistons, recommande Parizot à ses hommes. C'est l'heure de Rosalie, c'est le moment du déblayage. Tenez solidement votre fusil. Au besoin servez-vous-en comme de massue. »

L'artillerie a allongé son tir. Elle saccage la ligne de défense fortifiée allemande.

« En avant! »

On escalade la tranchée.

« Pour un début, enfants gâtés, il ne faut pas trop vous plaindre, plaisante Parizot, c'est du nanan. Suivez-moi bien surtout, sans me dépasser. »

Les hommes bondissent au-dessus des tranchées. Au milieu des fils de fer à demi enfouis dans lesquels on se prend les pieds, contre lesquels on trébuche, au milieu des morts, des mourants sur lesquels on passe, c'est le corps à corps nocturne, sauvage, avec les survivants, avec des blessés qui tirent encore. On se bat à la baïonnette, on se bat au couteau, on se prend à bras le corps, on s'étouffe, on s'étrangle.

« A moi, les gars, enfonçons-les! » hurle Parizot qui vient d'atteindre la première ligne allemande.

Jacques est aux prises avec un lieutenant qui essaye de l'abattre à coups de revolver. Il lui enfonce sa baïonnette dans le ventre, et l'autre, un tout jeune homme, tombe sur les genoux; les yeux fixes, grands ouverts, presque sortis de l'orbite.

Machinalement Jacques a retiré son arme toute ensanglantée.

Il reste un instant sans pensée devant ce grand corps inerte. Il oublie le reste du monde, il oublie la mêlée infernale.

La voix de Parizot le rappelle à la réalité.

« En avant, les gars, crie-t-il, courons jusqu'à leur tranchée de soutien. »

L'artillerie française a cessé de tirer.

Une mitrailleuse boche épargnée par le bombardement fauche les assaillants.

Mais l'élan est donné. L'escouade des débrouillards est en tête. Elle saute par-dessus les tranchées remplies de cadavres et dégringole enfin dans la tranchée fortifiée de quatrième ligne.

Là, la lutte devient atroce.

Louis Walter a saisi à la gorge le Boche qui continuait à vider sa mitrailleuse. Il l'étrangle.

Georges, les yeux fous, appuie de tout le poids de son corps sur un Allemand qui crie :

« Kamarad! »

Le jeune homme, subitement dégrisé, se redresse. Poussé par

sa générosité native, il laisse la vie sauve à son adversaire. Celui-ci, un sous-officier, saisit son revolver, vise lâchement celui qui vient de l'épargner et tire.

Convent déroule dans la tranchée. Il a vu le geste. Plus prompt que l'éclair, il saisit le poignet de l'Allemand, le serre à le briser. La balle, manquant son but, va s'enfoncer dans la terre. L'arme tombe. Convent la ramasse et brûle la cervelle au misérable.

Georges essuie son front moite de sueur et tend la main à son ami.

« Merci, Convent, tu m'as sauvé la vie. Ah! tonnerre! quel métier de boucher! »

Au matin, quand le jour se leva, la compagnie était installée sur ses nouvelles positions, qu'on organisait rapidement.

On avait capturé de nombreux prisonniers. Ils défilaient dans les boyaux, pour être évacués sur l'arrière, hébétés, les vêtements fripés, déchirés, couverts de boue et de sang.

De l'escouade des débrouillards il ne restait plus que Parizot et nos quatre amis. Les autres avaient été tués ou blessés.

CHAPITRE V

L'ESPION

1. Décorés. — 2. La charge. — 3. Au cabaret du père Gonon. 4. La fin de l'espion.

Le bataillon est au repos dans le village où nos amis se sont arrêtés dès le jour de leur arrivée au front, avant de gagner les tranchées.

Ce matin il y a grand branle-bas dans tout le cantonnement.

Le colonel va remettre quelques décorations.

Les quatre compagnies forment le carré. La compagnie du capitaine Garrigues, celle qui a été la plus éprouvée pendant la dernière contre-attaque, est en ligne, face à l'église.

Le caporal Parizot, Jacques, Georges, Louis Walter et Convent, qui vont recevoir la Croix de guerre, se tiennent au milieu du carré auprès du capitaine Garrigues, nommé chevalier de la Légion d'honneur.

« Baïonnette au canon! Présentez armes ! »

Les clairons sonnent. Le colonel arrive, suivi de son état-major. Il s'arrête devant le capitaine.

« Capitaine Garrigues, dit-il en frappant du plat de son épée le nouveau légionnaire sur les épaules, au nom du président de la République, je vous fais chevalier de la Légion d'honneur. »

La croix au ruban rouge et la Croix de guerre sont accrochées auprès des nombreuses médailles coloniales que porte le jeune et vaillant capitaine.

Maintenant, au tour de nos amis.

Le colonel épingle sur leur poitrine la Croix de guerre si bien gagnée.

« On a voulu se distinguer dès le premier jour, mes gaillards, dit-il en souriant. Bravo les bleus ! Avec des lapins comme vous, avec des chefs comme votre capitaine, nous sommes sûrs de la victoire. »

Le colonel s'est arrêté devant Jacques.

« Votre nom ? demande-t-il.

— Vaillant, mon colonel.

— Le nom est bien porté. Votre profession ?

— Élève à l'École des mines de Saint-Étienne.

— Appelé ?

— Engagé volontaire.

— Et vous ?

— Convent, mon colonel. Mineur. Engagé volontaire.

— Et celui-là qui se fait tout petit ?

— Bontemps, mon colonel. Élève à l'École des mines de Saint-Étienne. Engagé. »

Le colonel contemple avec admiration Walter qui le dépasse de la tête.

« Encore un mineur, sans doute, continue-t-il en souriant.

— Non, mon colonel, je suis cultivateur.

— C'est le cousin de Vaillant, interrompt le capitaine, un Alsacien qui a laissé ses parents et sa terre pour venir servir la France. »

Le colonel a saisi la main de Louis.

« Soyez le bienvenu parmi nous, murmure-t-il, ému. Au nom de mon pays, je vous remercie ».

Parizot se sentirait plus à l'aise dans la tranchée ou dans la plaine, même sous une pluie de balles. Le chef, si paternel cependant, l'impressionne. Quand vient son tour de répondre, il brodouille :

« Parizot ! couvreur.

— Parizot! Parizot! Je connais ce nom.

— Il a déjà servi dans le régiment, mon colonel, a été grièvement blessé il y a trois mois...

— Et a refusé tout congé de convalescence, je me souviens à présent, Garrigues. Vous aviez donc la nostalgie du front, mon garçon?

— Je respire mieux ici, au grand air, mon colonel, hasarde le brave garçon, qui se ressaisit un peu.

— Et vous vous y conduisez superbement. Au revoir, mes enfants. Bientôt, j'espère, nous nous reverrons encore. »

Le lendemain paraissait au rapport la promotion de Parizot au grade de sergent et celle de Jacques, Georges, Convent et Walter, au grade de caporal.

Beaucoup de gradés avaient été tués, et il fallait pourvoir à leur remplacement.

Ce fut une nouvelle grande joie pour nos cinq amis.

Nous pouvons dire cinq amis, car, depuis la fameuse attaque qui leur avait fourni l'occasion de se distinguer, Parizot et ses quatre bleus étaient devenus des inséparables.

« A partir d'aujourd'hui, avait décrété le caporal, nous nous tutoyons tous, mes petits. Quand on a vu le feu ensemble, on peut bien s'offrir le luxe de cette amicale familiarité. »

*
* *

Brave Parizot! comme il se montrait toujours plein de sollicitude pour les petits, n'épargnant ni ses conseils ni ses encouragements!

« Croyez-en mon expérience, » leur répétait-il souvent.

Son expérience! Il n'avait que vingt-deux ans.

Il est vrai qu'il était soldat depuis longtemps; il est vrai aussi que la vie avait été rude pour ce déshérité, pauvre enfant trouvé qui avait poussé tout seul, tant bien que mal.

Les quatre jeunes gens, auxquels il avait fait ses confidences, comprenaient aujourd'hui pourquoi, à peine guéri, il avait désiré retourner au front, avec son régiment, ses camarades, son drapeau, ses seules vraies affections sur cette terre.

Où aurait-il passé sa convalescence? Il n'avait plus de famille.

Jacques, Georges, Convent et Walter l'aimaient plus encore depuis qu'ils connaissaient ses misères, et ils n'en multipliaient que davantage les preuves d'amitié.

Ils le regardaient à présent non comme leur supérieur, mais comme un grand frère plus expérimenté, plus malheureux.

Lui, il était fier de son rôle. Il était heureux de pouvoir les égayer par ses spirituelles reparties de gavroche, par ses bons mots, ses contes, surtout lorsque les prenait le cafard, c'est-à-dire l'ennui noir du chez soi, le désir fou de revoir les siens.

C'est à l'une de ces heures qu'il leur raconta le début de la campagne, auquel il assistait.

« A cette époque, au mois d'août 1914, j'étais dans les chasseurs à cheval, mes enfants.

— Pourquoi t'a-t-on désarçonné, beau cavalier?

— J'ai demandé à être versé dans l'infanterie, Georges. Après la retraite de Charleroi, le métier de cavalier n'avait plus rien d'intéressant. Mais au moment du recul, ah! là, mes enfants, nous avons eu du travail, un fameux et rude travail.

« L'infanterie se repliait en désordre, abandonnant les blessés, les mourants, les éclopés, jetant les sacs, les équipements, les fusils. Pauvres fantabosses! Sans vivres, exténués, ils étaient obligés de faire, à une allure folle, des étapes de quarante à cinquante kilomètres par jour. Souvent ils tombaient sur le bord de la route, les pieds en sang, la faim au ventre, la rage au cœur.

« Parfois pour les délivrer, parfois pour les protéger, nous chargions contre les Boches, nous harcelions les avant-gardes ennemies.

— Raconte-nous une de tes charges, Parizot.

— Volontiers, Jacques. C'est la dernière qui m'a laissé le plus poignant souvenir.

« Nous étions, ce jour-là, en réserve au nord de la Somme dans un pays dont je ne me rappelle plus le nom. L'infanterie, établie dans un village à quelques kilomètres de nous, tenait tête depuis plusieurs jours aux Allemands.

« Ceux-ci menaçaient d'encercler nos soldats, dont la retraite était presque coupée.

« L'ordre arrive d'aller déblayer le terrain.

« Nous voilà partis au petit trot de nos fringants chevaux. Nous suivons tout d'abord une route exposée au tir de l'artillerie. Quelques hommes tombent, tués, presque broyés, eux et leurs montures.

« Nous prenons à gauche un chemin creux, encaissé, situé à quelques centaines de mètres du village dont il nous faut délivrer les défenseurs.

« Les balles de fusils et de mitrailleuses sifflent, rasant nos têtes. Des obus passent au-dessus de nous, éclatent un peu plus loin. Vous connaissez à présent toute cette musique.

« — Penchez-vous! penchez-vous! » crient les officiers.

« Tout à coup le colonel s'affaisse sur son cheval. Un éclat d'obus lui a emporté la main gauche.

« — Passez-moi le commandement, lui dit le lieutenant-colonel; il faut vous retirer, mon colonel.

« — Je vais charger avec mes hommes, » répond simplement le chef.

« Pendant qu'on lui fait un pansement sommaire, il donne des ordres qui circulent rapidement.

« Un trompette sonne le garde à vous, puis la charge.

« Nous avons peine à retenir nos montures.

« — Sabre au clair! en avant! chargez! »

« Les petits chevaux bondissent le long de la pente raide, gazonnée; ils glissent des quatre pattes, se cabrent, se raidissent, puis atteignent d'un bond le haut du talus. Ils dévalent à toute vitesse dans la plaine.

« Le régiment s'est divisé en deux pelotons, l'un à gauche, commandé par le lieutenant-colonel, l'autre à droite, commandé par le colonel.

« Je vois encore ce dernier, les rênes de son cheval enroulées autour de son bras mutilé, debout sur ses étriers, le corps droit, le sabre levé.

« J'entends encore les trompettes, leur fanfare joyeuse.

« Nous allons au galop, les pieds des chevaux touchant à peine le sol.

« Nous allons, la pointe du sabre en avant, la tête collée sur l'encolure du cheval, dont la bouche écume, dont le poitrail ruisselle de sueur.

« Des bêtes, blessées ou tuées, roulent à terre, entraînant leur cavalier.

« D'autres, dont les cavaliers sont tombés, précèdent ou suivent seules le flot qui roule, roule, franchissant les fossés, les haies, escaladant les morts et les blessés, faisant trembler la terre.

« Les Allemands éperdus fuient devant cette trombe, abandonnant tout.

« Et nous, nous les poursuivons en sabrant dans le tas.

« Une demi-heure à peine après notre départ, les abords du village étaient nettoyés. L'infanterie délivrée battait rapidement en retraite. De notre beau régiment il ne restait plus, hélas! qu'une poignée d'hommes commandés par un lieutenant, le seul officier échappé à la mort.

« Quatre jours plus tard nous nous retrouvions, sans savoir comment, aux abords de la forêt de Saint-Germain.

« Nos chevaux et nous étions gris de boue et de poussière.

« Les pauvres bêtes, aux flancs décharnés, n'avaient rien mangé que de l'herbe.

« Pour la première fois, mes petits, j'avais dévoré un morceau de pain trempé de sang, que j'avais trouvé sur un cadavre.

« Ah! cette retraite de Charleroi! quelle lugubre vision! quel effroyable souvenir! »

*
* *

Un matin, au moment où nos amis étaient occupés à boire le café devant l'entrée de cave d'une maison en ruine, un obus vient tomber à quelques mètres d'eux. Par miracle, il n'éclate pas.

Un deuxième défonce une maison restée intacte et remplie de soldats.

D'autres succèdent, et pendant douze heures consécutives ce fut un bombardement ininterrompu, un déversement d'obus de tous calibres.

« Réfugions-nous dans le royaume des rats et des souris, » avait crié Parizot aux hommes de sa section dès le début de la canonnade.

6

Tous avaient suivi ce bon conseil et gagné rapidement les caves et les cagnas.

A la nuit tombante, l'orage ayant cessé, le capitaine Garrigues est venu trouver Parizot.

Celui-ci, assis sur un tas de bois, recoud des boutons, raccommode ses effets à la lueur d'une bougie fichée à l'extrémité d'une baïonnette boche. Les quatre caporaux, groupés autour d'un tonneau vide placé debout, font une partie de cartes.

« A vos rangs, fixe! crie Parizot qui se lève en apercevant le capitaine.

— Repos, repos, mes enfants, dit celui-ci, ne vous occupez pas de moi et continuez à vaquer à vos occupations. »

L'officier s'est approché du sergent.

« Que pensez-vous du bombardement d'aujourd'hui, Parizot? demande-t-il brusquement.

— Je pense qu'il était inattendu, mon capitaine.

— Inattendu en effet, car depuis longtemps les batteries d'en face étaient restées silencieuses.

— Je pense aussi qu'il est sérieux.

— Très sérieux. Beaucoup d'hommes ont été tués, quelques canons ont été démolis.

— C'est peut-être le prélude d'une attaque, mon capitaine.

— Ils auraient bombardé les tranchées. Ils n'ont visé que le village, et ils ont bien visé. Du premier coup ils ont atteint les gros cantonnements, les fermes isolées remplies de troupes depuis hier matin, fermes qui, chose curieuse, étaient restées indemnes jusqu'ici. Du premier coup ils ont atteint des batteries nouvellement installées.

— Aucun avion n'a survolé la région ces jours-ci. Le village est encaissé dans un vallon, et de leurs lignes les Allemands n'ont rien pu voir. Il y aurait donc un espion.

— Le colonel et moi, nous le supposons, nous avons même compté sur vous et sur vos débrouillards pour le découvrir.

— Bien, mon capitaine.

— Depuis hier tous les habitants ont été évacués. Il ne reste plus que le maire et le garde champêtre, braves gens au-desssus de tout soupçon.

— Le coupable serait donc un individu de passage, mon capitaine? »

Les joueurs, intéressés par la conversation, ont arrêté leur partie.

« Vous oubliez le marchand de vin, mon capitaine, dit Jacques subitement.

— Quel marchand de vin, Vaillant?

— Celui qui s'est installé, il y a une quinzaine de jours, dans l'auberge près de l'église. Nous ne le connaissons pas, à vrai dire, puisque ce sont les hommes qui vont au vin, mais...

— Rassurez-vous, Vaillant. C'est un brave homme venu de la région de Lyon. Ses papiers sont en règle. A l'heure fixée, il ferme sa boutique et met à la porte ceux qui s'enivrent ou font du bruit. Dès que le dernier client est parti, il éteint sa lampe et se couche, nous a-t-on dit. Aujourd'hui encore nous l'avons interrogé, nous l'avons même supplié de partir. Il veut rester avec ses enfants, comme il vous appelle.

« — Laissez-moi demeurer ici, nous a-t-il dit, je veux aider les soldats à ma manière. Je n'ai pas de famille, et, ne pouvant plus combattre, je suis venu au front pour vendre à bon compte à nos poilus du pur jus de la treille qui égaye et ragaillardit.

— Sa marchandise est bonne, en effet.

— N'est-ce pas, Vaillant? A mon avis, c'est un bon vieux inoffensif, un bon patriote.

— Nous irons le voir, mon capitaine.

— Je vous laisse carte blanche, Parizot. Je crois cependant que vous ferez fausse route de ce côté-là. ».

Le capitaine est parti.

Nos cinq amis arrivent à l'auberge du père Gonon. Elle est pleine de soldats.

Les uns entrent, font remplir leur bidon, puis sortent sans s'arrêter. Les autres, assis sur des tabourets chancelants, se sont rangés autour de tables branlantes.

Tout en fumant une bonne pipe et en sirotant religieusement leur verre de vin, quelques bons pères tranquilles causent à voix basse du pays, des champs, des moissons futures, du prix des bestiaux, sans se préoccuper du vacarme étourdissant fait autour d'eux.

Des joueurs se chamaillent dans un coin.

Dans l'autre, des belliqueux discutent avec animation sur la guerre et, pour donner plus de force à leurs arguments, frappent à grands coups de poing sur la table, sans souci des bouteilles qui oscillent, menaçant à chaque fois de perdre l'équilibre.

Jacques et Georges pénètrent pour la première fois dans un cabaret.

Une odeur âcre, odeur de pipe et de vin, les prend à la gorge. Un nuage de fumée les enveloppe. On distingue à peine la lampe à pétrole fumeuse suspendue au milieu de la salle.

Convent a saisi le bras de Jacques.

« Je connais cette figure, dit-il en fixant le père Gonon, qui se tient debout derrière son comptoir entouré de soldats. Je l'ai vue quelque part... Où? où?... — J'ai trouvé... Le père Gonon est l'homme de Saint-Étienne.

— Tu es fou, mon vieux.

— Nullement, Jacques... — Il a un peu blanchi, ou s'est un peu blanchi; il a coupé sa moustache, mais les yeux n'ont pas changé. C'est le même regard insolent, dur, narquois.

— Convent a raison, je le reconnais aussi, murmure Georges.

— D'après ce que je vois, dit alors Parizot, l'aubergiste est une de vos vieilles connaissances. En buvant un verre de vin vous allez me mettre au courant de l'histoire. »

Les jeunes gens se sont attablés. Parizot rapporte un litre de vin qu'il est allé chercher au comptoir.

A voix basse, Convent lui raconte ce qui s'est passé quelques mois plus tôt à la sortie du conseil de revision.

« Je crois, murmure le sergent en se frottant les mains, que nous tenons la clef de l'énigme. »

Deux nuits de suite, les policiers montèrent la garde devant l'auberge du père Gonon, sans réussir à recueillir le moindre indice.

Cependant, les batteries, déplacées le soir, étaient repérées le lendemain, les granges dans lesquelles s'abritaient les soldats étaient parfois bombardées quelques heures à peine après que ceux-ci y avaient établi leur cantonnement.

« Tonnerre! s'écria un matin Parizot, cet animal se fiche de nous.

Derrière ce créneau improvisé, il agite trois fois sa lanterne.

— Une chose est certaine, c'est qu'il ne bouge pas de la nuit. Le capitaine a sans doute raison, et le père Gonon, que nous soupçonnons, est peut-être un brave homme.

— C'est l'homme de Saint-Étienne, Walter, celui qui s'est présenté pour la première fois à nos amis sous un jour défavorable, mauvais Français ou agent provocateur. Pourquoi a-t-il fait raser ses moustaches?

— Une ressemblance peut les abuser.

— Nous verrons plus tard. Nous savons tout au moins que, dans la journée, aux heures où son débit doit être fermé, il circule librement, soit pour aller chercher du vin, soit pour le livrer dans les cantonnements ou aux batteries. Comment transmet-il les informations précieuses qu'il peut récolter ainsi avec une grande facilité? Là est le mystère, un mystère que nous éclaircirons sans tarder, ou nous y perdrons notre renom. »

⁎
⁎ ⁎

Le lendemain, un peu avant la nuit, Parizot et ses amis, suivant les conseils de Jacques, prenaient possession du clocher auquel est adossée l'auberge du père Gonon.

Près de la porte branlante et vermoulue, dissimulée dans un coin sombre de l'église, se cachent Jacques et Georges.

A hauteur du grenier de l'auberge, les trois autres policiers ont découvert une ouverture béante s'ouvrant sur l'escalier en colimaçon.

« Tout s'explique, dit Parizot. L'espion utilise ce passage, Jacques l'avait deviné. Voilà pourquoi nous ne l'avons jamais vu sortir. Toi, Convent, tu vas te cacher dans le grenier. Fais le mort et laisse filer l'individu. Si, par hasard, il te découvrait, n'hésite pas à te servir de ton revolver, nous accourrons aussitôt. S'il passe, attends un instant pour lui permettre de s'éloigner, puis barricade rapidement l'entrée. Que Georges et Jacques en fassent autant en bas. Il sera pris alors comme dans une souricière. Là-haut, Walter et moi, nous le tiendrons à l'œil. »

Immobiles, faisant presque corps avec la pierre, nos cinq amis,

bien déterminés à attendre jusqu'au bout, guettent pendant plusieurs heures la venue de l'espion.

Un bruit de pas dans l'escalier de la maison, ou plutôt un frôlement presque imperceptible, rompt le silence de la nuit. M. Gonon
apparaît, tenant une lanterne sourde à la main. Il porte aux pieds
des espadrilles et semble glisser plutôt que marcher. Il s'avance,
sans soupçons, et cependant, en homme prudent, il projette à droite
et à gauche les rayons de sa lanterne.

Aplati derrière un tas de bois, collé au plancher du grenier,
Convent retient sa respiration. L'aubergiste a disparu par le trou.
Il monte lentement l'escalier tournant dont les marches sont dis-
jointes par le temps ou descellées et brisées par les obus.

Le voici sur la plate-forme autour de laquelle s'étend un chemin
étroit, encombré de débris de toutes sortes : tuiles brisées, poutres
déchiquetées ou à demi calcinées. Au milieu se dresse un tas de
décombres : c'est la toiture effondrée du clocher.

L'espion s'avance du côté qui regarde les lignes allemandes.

Il se penche un peu au-dessus du parapet. Tout est calme dans
le village, on ne perçoit aucun bruit, on ne voit aucune lumière.

Le misérable ne se doute pas de la présence de Parizot et de
Walter qui, ramassés sur eux-mêmes derrière le monceau de
débris, suivent anxieusement chacun de ses mouvements.

Il a déplacé deux pierres, et, derrière ce créneau improvisé, il
agite trois fois sa lanterne, dont on ne peut apercevoir la lueur des
lignes françaises.

Dans le lointain, au sommet d'un clocher, une lumière apparaît
et disparaît trois fois, visible seulement pour lui, perché sur son
observatoire élevé.

Alors commence toute une série de signaux optiques, incompré-
hensibles pour Walter et Parizot.

« Nous sommes fixés, murmure Parizot à voix basse, il est
inutile de lui laisser continuer son petit manège diabolique. Empa-
rons-nous de sa personne. »

Les deux jeunes gens ont bondi comme des tigres. L'homme
s'est retourné brusquement, averti par le bruit. Il leur échappe et
disparaît dans l'escalier.

Parizot et Walter se précipitent à sa suite. Le sergent a allumé sa lampe électrique. Tous deux, cependant, glissent sur les marches humides, trébuchent contre les pierres.

L'homme est arrivé à hauteur de son trou, qu'il trouve bouché.

Il pousse un sourd juron et dégringole rapidement les quelques marches qui doivent le conduire à la sortie. La porte est fermée, elle résiste à la poussée. Jacques et Georges l'ont consolidée extérieurement au moyen de poutres posées à la hâte.

L'espion remonte précipitamment.

« *Verloren* (perdu), » murmure-t-il en allemand, s'exprimant en cet instant critique dans sa langue maternelle.

Parizot a éteint sa lampe. Walter et lui attendent l'homme, à hauteur de l'ouverture.

Il leur apparaît soudain, bondissant comme une bête traquée.

Un mouvement de recul, un instant d'hésitation, un cri de rage impuissante, et le père Gonon tire son revolver, vise Parizot. Celui-ci saute sur son adversaire, le saisit à la gorge.

La lanterne sourde a roulé dans l'escalier, la lutte se continue dans le noir.

On perçoit un bruit de chute, puis un coup de feu.

« A moi, Walter! » hurle Parizot qui vient de glisser.

A ce moment, heureusement, apparaît Convent, qui a démoli sa barricade improvisée.

Sa lampe électrique éclaire la scène.

L'espion avait tiré le premier coup sans viser. Il voit clair à présent et va brûler la cervelle au pauvre Parizot.

Walter saisit le poignet du misérable. Le bon géant a vite fait de dompter la bête furieuse.

« *Hunde Franzosen* (chiens de Français)! » hurle l'espion.

Parizot, délivré, a retrouvé son aplomb et son esprit.

« Braille, vilaine bête, nous ne te craignons plus. Tu es muselé. Nous allons maintenant te ficeler. »

Les mains de l'homme sont bientôt attachées derrière son dos.

Il avait reconnu Convent, il vient de reconnaître Georges et Jacques qui, attirés par le bruit, ont quitté leur poste d'observation et montent l'escalier

« Comme on se retrouve, monsieur l'aubergiste! dit ironiquement Convent.

Dans la lutte, la perruque que portait l'espion est tombée. Nos amis n'ont plus devant eux le débonnaire et respectable M. Gonon, mais l'homme aux cheveux grisonnants de Saint-Étienne, un homme d'une quarantaine d'années, dont les yeux noirs pleins d'arrogance lancent des éclairs de haine.

« Belle victoire! s'écrie-t-il. Cinq contre un.

— En tous cas, belle prise, mon vieux, interrompt Parizot. Ton compte est bon. »

Au matin, devant le conseil de guerre, comparaissait l'aubergiste Gonon, en réalité l'Allemand Hartmann.

Dans la cave de l'auberge on avait trouvé, cachés sous un tonneau, outre des documents intéressants, des papiers établissant sa véritable identité.

Condamné à mort à l'unanimité, l'Allemand est conduit au crépuscule devant le peloton d'exécution, sur la place de l'Église.

Il refuse d'avoir les yeux bandés.

« N'avez-vous rien à demander avant de mourir? interroge le capitaine Garrigues, chargé de commander le feu.

— Rien. Je meurs content. Je meurs pour mon pays. »

Quelques instants plus tard l'homme tombe, le corps troué de balles.

Justice est faite.

CHAPITRE VI

EN ORIENT

1. Dans la cagna. — 2. En permission. — 3. La fin de deux amis.

Depuis la mort de l'espion, les Allemands ont repris leurs habitudes d'autrefois.

Aussi exacts que des chronomètres, ils tirent chaque jour, à la même heure, le même nombre de coups de fusil et expédient le même nombre d'obus.

« C'est le réveil régulier des fauves, » comme dit le facétieux Parizot.

Nos amis, quand ils ne sont pas de service, occupent leurs loisirs à jouer aux cartes ou à deviser joyeusement ensemble, dehors ou dans la cagna. Leur grande préoccupation est la correspondance. Tous les jours ils envoient des lettres à Saint-Étienne, tous les jours ils en reçoivent.

Quotidiennement arrive à leur adresse un colis commun rempli de friandises et d'objets utiles qu'on ne peut se procurer facilement au front.

Avec Convent et Parizot qui n'ont pas de famille, avec Walter qui n'a pas de nouvelles de la sienne, Jacques et Georges partagent fraternellement toutes les gâteries qu'on leur expédie, toutes les bonnes paroles réconfortantes, les doux encouragements, l'affection consolante que leur prodiguent les leurs.

C'est à Jacques que sont adressés les colis.

C'est lui qui est chargé de la répartition des petits paquets préparés avec soin pour chacun par d'adroites mains féminines.

L'ouverture des colis est toujours saluée par des cris de joie, des rires d'écoliers.

« Pour toi, Parizot, du tabac, une pipe. Si l'on savait, monstre, comme tu nous enfumes chaque soir dans la cagna, on ne t'enverrait rien. »

Parizot, sans répondre, jongle avec les objets que lui a passés Jacques.

« Pour toi, Louis, du papier à lettres et des enveloppes avec l'adresse toute préparée. Bonne leçon, paresseux! Pour toi, Convent, un jeu de cartes. Pour Georges, des cigarettes de tabac fin. Ah! messieurs, comme on connaît vos défauts et vos vices!

— Et pour toi, Jacques, qu'y a-t-il? demande ironiquement Parizot.

— Un bouquet de violettes, mon vieux.

— Des violettes! chose rare pour la saison! des fleurs cueillies sans doute par Mlle Odette. Vaillant, je crois, n'est pas le plus mal partagé. »

Blondinette et Odette sont les deux correspondantes attitrées. Ce sont elles qui, généralement, écrivent à la collectivité des lettres communes adressées à Jacques ou à Georges.

Un jour, conseillées par les deux jeunes gens, elles se décidèrent à écrire directement à Parizot.

Ce fut Jacques qui reçut la lettre et qui l'apporta au sergent.

« Une lettre pour toi, Parizot, dit-il en souriant malicieusement.

— De qui? Je ne connais personne, Jacques, je n'ai jamais rien reçu de personne, répond avec amertume le pauvre garçon.

— Ouvre toujours, et lis. »

Parizot a décacheté la missive. Sa voix tremble un peu en la lisant.

Monsieur le sergent,

Dans toutes leurs lettres, Jacques et Georges nous parlent de leur grand ami Parizot. Vous avez su conquérir l'amitié de nos deux chers petits soldats (oh! pardon, caporaux). Loin d'en être jalouses, nous venons, au contraire, vous remercier de toute votre amicale sollicitude pour eux.

Nous nous permettons de vous adresser une prière, monsieur le sergent. Vous êtes le chef, et sans doute le plus raisonnable; c'est pourquoi nous vous supplions de leur faire parfois la leçon. Quand ils devront remplir leur devoir, qu'ils le remplissent. N'êtes-vous pas là d'ailleurs pour leur donner l'exemple? Empêchez-les seulement d'être téméraires. La témérité n'est pas de la bravoure.

Peut-être allez-vous rire de nous quand nous vous aurons avoué que tous ici, vieux et jeunes, nous tremblons encore en songeant au danger que vous avez couru lors de l'attaque qui vous a valu la Croix de guerre.

Devrions-nous connaître la peur, nous, les gens de l'arrière, quand vous, là-bas, vous l'ignorez?

Notre cœur à nous est plus faible que notre raison, c'est là notre excuse.

Vous, dans le feu du combat, entraînés par votre belle ardeur, vous ne voyez que la gloire à gagner en remplissant un devoir.

Nous, hélas! nous sommes loin de cette ambiance où l'on gagne des âmes de héros, et si nous comprenons votre abnégation, si nous l'acceptons, notre cœur souffre et nos yeux pleurent.

Croyez, monsieur le sergent, que nous vous garderons une profonde reconnaissauce de tout ce que vous faites et ferez pour les chers nôtres.

Pour vous le prouver dès aujourd'hui, nous vous assurons que, loin d'être seul au monde comme vous le prétendez, paraît-il, vous avez, au contraire, non seulement de bons frères d'armes, mais encore deux petites amies qui seront heureuses de vous connaître un jour et de vous remercier de vive voix.

ODETTE ET BLONDINETTE.

Parizot, l'éternel rieur, essuie une larme pendant que Jacques le regarde, toujours souriant.

« Dis donc, Jacques, parvient à articuler le brave garçon, tu diras aux moucheronnes qu'elles ne m'écrivent plus de pareilles

lettres. Ça me retourne, et je serais capable de devenir mélanco-
lique.

— Moucheronnes! des demoiselles de quinze et dix-sept ans! Je
vais leur faire part du qualificatif dont tu les gratifies.

— N'en fais rien, Jacques. Elles seraient capables de ne plus
m'écrire. »

Pauvre Parizot! ces paroles affectueuses qu'on lui adressait
aujourd'hui étaient le premier rayon de soleil dans sa vie d'abandonné. Deux cœurs d'enfants, presque de femmes, tout remplis de
fine délicatesse, avaient su trouver les mots qui charment, consolent, émeuvent.

. . . .

Les deux mamans et M. Bontemps joignaient souvent quelques
lignes aux lettres des deux jeunes filles, remplissaient quelquefois
une page de timides recommandations.

Le soir, dans la cagna, à la lueur d'un falot, Jacques lisait tout
haut les bonnes lettres reçues, et si parfois le cœur se gonflait, si
les yeux se mouillaient de larmes, on se sentait cependant moins
seul, on se sentait comme protégé par cette douce et sincère affection lointaine.

*
* *

Un autre sujet d'alarme allait bouleverser les mamans et les
jeunes filles.

Vers la fin du mois de juin parut au rapport une note annonçant
que le 1er bataillon aurait à fournir quelques gradés pour un
bataillon de marche. Ce dernier était en formation à Marseille et
devait aller renforcer les effectifs français de Gallipoli.

Parizot est taciturne. Parizot rumine quelque chose.

« Qu'as-tu donc? lui demande Jacques. Pourquoi broies-tu du
noir?

— Cette note parue au rapport me tracasse.

— As-tu peur de partir?

— Non, Jacques, car la vie est ici bien monotone depuis quelque
temps. J'ai peur de partir seul.

— Si tu es désigné, mon vieux, nous demanderons à te suivre.

— Bien vrai?

— Bien vrai.

— Alors, ça va bien ! »

Parizot a retrouvé sa verve et sa gaieté.

Le capitaine Garrigues prévenait quelques jours plus tard les cinq jeunes gens qu'on les avait choisis, sur sa demande, pour faire partie du corps expéditionnaire.

« Vaillant, Bontemps, Convent et Walter, leur dit-il, vous êtes nommés sergents. Une permission de six jours vous est accordée ainsi qu'à Parizot. Vous me rejoindrez à Marseille.

— Vous partez donc avec nous, mon capitaine ?

— Oui, Vaillant, je suis nommé commandant du bataillon de marche. J'avais sollicité cette faveur, et comme je vous connais tous les cinq, j'avais prié le colonel de vous désigner pour m'accompagner. Ai-je bien fait ?

— Mes camarades et moi, nous sommes fiers de l'honneur que vous nous faites, mon capitaine. »

Le surlendemain, les cinq amis débarquaient à Saint-Étienne.

Convent et Parizot avaient manifesté l'intention de filer directement sur Marseille.

« Si vous ne venez pas avec nous, leur avait déclaré Georges, Odette et Blondinette ne vous pardonneront jamais ce refus. Mes parents seront heureux de vous recevoir, et vous les peineriez beaucoup en n'acceptant pas.

— Venez pour ne pas déplaire aux *moucheronnes,* » avait ajouté malicieusement Jacques.

Grande fut la joie des mamans et des jeunes filles lorsque nos cinq gaillards, tout hâlés par le soleil et le grand air, arrivèrent à l'improviste.

« Jacques ! mon grand !

— Georges ! mon fils. »

Les deux mamans serrent longuement leurs deux gars dans les bras.

« Mon Jacques ! mon grand frère !

— Ma petite Blondinette ! »

Le frère et la sœur s'étreignent tendrement.

« Et à moi, grand ami, on ne dit rien? Venez, que je vous embrasse, moi aussi. »

Et Odette, toute rougissante, un peu étonnée elle-même de sa hardiesse, dépose sur les joues de Jacques un bon baiser sonore.

Parizot, les yeux embrumés, attend, sur le pas de la porte, le képi à la main. Convent et Walter le poussent en avant.

Mme Bontemps s'est avancée vers lui, la main tendue.

« Soyez le bienvenu, monsieur Parizot, dit-elle.

— Je ne voulais pas venir, bredouille celui-ci, je craignais de vous importuner. Jacques et Georges ont insisté. Alors, madame, je me suis vu obligé de céder. »

Les deux mères n'ont pas le temps de répondre. Odette et Blondinette ont accaparé le brave garçon.

« Vous auriez été sévèrement puni, monsieur le sergent, crie Odette, si vous aviez refusé d'accompagner vos amis.

— Mademoiselle!

— Peut-être ces messieurs nous ont-ils dépeintes à vos yeux comme de petits tyrans auxquels il faut obéir sans réplique? Ce serait affreux, gronde Blondinette.

— Mademoiselle!

— Peut-être vous ont-ils dit que nous étions laides à faire peur? Ce serait cruel, ajoute Odette.

— Mademoiselle! »

Parizot est aux prises avec les moucheronnes, qui ne paraissent pas disposées à le lâcher de sitôt.

« Nous allons vous servir, vous soigner, vous dorloter et aussi vous faire enrager beaucoup, vous et vos amis, monsieur le sergent, continue Odette.

— La perspective d'une telle vie, perspective si aimablement annoncée par une telle bouche, ne t'effraye pas? demande Jacques, en riant, à Parizot.

— Je suis aux ordres de Mlle Odette.

— Et aux miens aussi.

— Et aux vôtres, mademoiselle Blondinette. »

Les deux mamans interviennent heureusement pour délivrer le pauvre garçon tout confus.

« Petites folles, laissez ces messieurs, fatigués par le voyage,

Le grand transport, guidé par un bateau pilote, glisse doucement...

aller se nettoyer et se reposer un peu dans leur chambre. Emmène vite tes amis, Georges, c'est le seul moyen de les soustraire aux attaques de ces demoiselles. »

M. Bontemps, que l'on était allé prévenir, accourait bientôt, tout en sueur. Lui, toujours calme et mesuré, il avait couru pour la première fois de sa vie.

« Mes enfants, s'écria le brave homme, en retrouvant les jeunes gens au salon, je suis bien content de vous voir tous. »

La joie d'être réunis était gâtée par la pensée de la séparation prochaine et du départ pour la presqu'île de Gallipoli.

Blondinette se lamentait en parlant de ce triste lendemain de fête.

« Ma petite sœur, lui dit Jacques, prends exemple sur Parizot. Sa philosophie est très simple. Elle se résume en ces mots : « Pro-« fitons du bonheur présent. »

— C'est la vraie philosophie des guerriers, mademoiselle, celle que nous acquérons dans les tranchées.

— Elle ne peut être celle des faibles jeunes filles, monsieur Parizot. »

*
* *

Le 14 juillet, nos amis ont fait leurs adieux, des adieux touchants, prolongés.

« Nous vous les confions, ont dit Odette et Blondinette à Parizot, en montrant Jacques et Georges. Nous comptons sur vous, monsieur le sergent, pour les surveiller et les conseiller.

— C'est promis, mesdemoiselles. »

Le soir même, ils arrivaient à Marseille.

Une bonne surprise attendait Jacques au dépôt.

Le capitaine de la compagnie était M. Dubail, son ancien maître. Celui-ci reçut les jeunes gens à bras ouverts.

« On m'avait annoncé votre arrivée, leur dit-il, je suis très heureux de vous avoir avec moi.

— Ce sera une grande joie pour mes amis et pour moi de servir sous vos ordres, mon cher maître, et nous nous félicitons de ce hasard qui nous réunit.

— Je les connais déjà tous, ces gaillards. Le commandant Garrigues m'a parlé d'eux et de toi en termes amicaux et élogieux. »

Jusqu'à l'extinction des feux, le capitaine resta à la caserne pour bavarder avec les nouveaux arrivants.

Le 15 juillet, de très bonne heure, on embarque.

Les derniers chevaux ont été hissés au moyen de grues. Suspendues dans le vide comme une vulgaire balle de marchandises, les pauvres bêtes hennissent, effrayées.

On case sur le pont quelques énormes caisses renfermant des aéroplanes.

L'heure du départ est arrivée.

Le grand transport, guidé par un bateau pilote, glisse doucement au milieu d'une forêt de mâts et de cheminées fumantes.

Le voici dans le chenal.

Une foule énorme et enthousiaste, massée sur les jetées, acclame les soldats.

Bientôt on gagne la pleine mer. Bientôt s'efface le merveilleux panorama de Marseille. Les côtes mêmes ne sont plus visibles.

Le navire vogue entre le ciel et l'eau, à la merci des sous-marins ennemis qui rôdent dans la Méditerranée.

Le voyage s'effectue cependant sans incident, et quelques jours plus tard le bataillon débarque à l'extrémité de Gallipoli, presqu'île rocheuse et nue, brûlée du soleil et que le détroit des Dardanelles sépare de la côte d'Asie.

La résistance des Turcs, que nous ne pourrons vaincre là, est facilitée par l'étroitesse de la pointe, par le climat meurtrier, par l'éloignement de notre base de ravitaillement.

Dans ce coin désertique, où règne tout le jour une chaleur torride et épuisante, on attend avec impatience le soir qui apporte avec lui un peu de fraîcheur. A cette heure seulement, à l'heure du crépuscule, on peut admirer sans trop de regret le féerique panorama de la mer incendiée par le soleil couchant, les teintes du ciel d'Orient, rares et changeantes à la chute du jour.

Après une journée de repos, le bataillon du commandant Garrigues a gagné les tranchées.

Un soir de la fin de juillet, le commandant fait appeler le capitaine Dubail.

« Apercevez-vous, lui dit-il, là-bas, sur notre droite, ce rocher un peu déplumé?

— Oui, mon commandant.

— Les Turcs ont installé là un fortin modèle, formé d'une coupole blindée garnie de mitrailleuses et de canons-revolvers. Il nous est impossible de l'atteindre à l'aide de travaux d'approche, tranchées ou sapes, le roc est trop dur. Malgré les fils barbelés, malgré les hommes qui s'y trouvent enfermés, il faut le prendre, Dubail.

— Nous le prendrons, mon commandant.

— Dix hommes résolus, commandés par un sous-officier, ramperont jusque-là. Qu'ils entrent, qu'ils cognent dur, qu'ils se fassent tuer, mais qu'ils occupent un instant les Turcs. Avec le reste de la compagnie vous monterez à l'assaut.

— Tous mes hommes voudront partir les premiers, je les connais, mon commandant.

— Alors tirez au sort. »

Le capitaine ne s'était pas trop avancé en parlant de la bravoure des soldats. Tous sollicitèrent l'honneur d'être parmi les dix.

On s'en remit donc au hasard.

Les deux sergents désignés par celui-ci furent Jacques et Convent.

*   *
*

Les yeux des deux amis brillent d'une joie folle. Le danger leur plaît, les attire.

Parizot profite d'un instant où Jacques est seul pour s'approcher de lui.

Il paraît ému, embarrassé.

« Jacques, dit-il brusquement, sais-tu où tu vas?

— Oui, Parizot,... à la mort presque certaine.

— Jacques!

— Mon vieux?

— Laisse-moi prendre ta place.

— Le sort m'a désigné.

— Laisse-moi prendre ta place... Il le faut.

— On m'appellerait lâche.

— Tous te connaissent.

— Le sort m'a désigné. C'était écrit, comme disent les gens d'en face.

— S'il ne s'agissait pas d'une mission périlleuse, d'une mission de laquelle on ne revient pas, je n'insisterais pas, Jacques...

— Ne bravons-nous pas la mort tous les jours, Parizot?

— Moi, je ne laisse personne derrière moi. Je suis seul, sans famille...

— Sans amis?

— J'ai de bons amis, Jacques, je le sais, mais je n'ai pas une maman qui me pleurera, je n'ai pas une mignonne petite sœur, je n'ai pas de grande amie. J'ai promis à Odette et à Blondinette de t'empêcher d'être téméraire, tu ne partiras pas.

— J'obéirai aux ordres que l'on m'a donnés.

— Je partirai donc avec toi, entêté, pour tenter de te protéger. »

A la nuit noire, vers deux heures du matin, Parizot, ayant remporté sur Jacques une victoire longuement et âprement disputée, s'en va, en compagnie de Convent, de neuf soldats et d'un clairon.

Tous les hommes de la compagnie, collés à la tranchée, attendent le signal pour bondir.

Soudain des coups de feu éclatent. On entend des cris, des hurlements. Le clairon, là-bas, sonne la charge.

« En avant! » crie le capitaine Dubail.

Le jour est venu.

Le fortin est conquis. La victoire a été chèrement payée.

Jacques, qui a pénétré le premier dans la redoute, a retrouvé Parizot, le front troué d'une balle tirée à bout portant, reposant bien calme, un dernier sourire figé sur ses lèvres.

Le jeune homme s'est jeté à genoux devant le corps inerte, et pieusement il a baisé le front de l'ami dévoué tombé à sa place.

Non loin de là gisait le corps de Convent, qui avait été tué sur le coup d'une balle au cœur.

Une fois encore la mort avait épargné Walter, Georges et Jacques.

Le commandant Garrigues les nomma sous-lieutenants sur le champ de bataille, en remplacement des trois lieutenants de la compagnie qui avaient été tués. Pour leur belle conduite au feu, ils étaient en outre cités à l'ordre de la division.

Ces honneurs ne pouvaient, hélas! faire oublier leur profond chagrin aux trois frères d'armes.

Côte à côte, dans la même fosse, ils couchèrent leurs deux amis tombés au champ d'honneur.

Sur la modeste croix de bois, seul ornement de cette tombe, ils avaient écrit :

PARIZOT ET CONVENT

SERGENTS

AMIS DÉVOUÉS DANS LA VIE

FIDÈLEMENT UNIS DANS LA MORT

CHAPITRE VII

EN PLONGÉE

1. Roses de France. — 2. A bord d'un sous-marin. — 3. A l'hôpital.

Dans le petit bourg de Seddul-Bahr, c'est une cohue indescriptible. Sénégalais, Australiens, Anglais, Français, se coudoient, se bousculent. On s'interpelle, on crie, on parle dans toutes les langues.

Pour goûter un peu de fraîcheur après une journée de chaleur accablante, Jacques, Georges et Louis Walter se sont réfugiés dans un coin sombre de la salle d'un café indigène.

Les trois jeunes gens portent un costume de toile blanche. Sur leur manche brille un mince et court galon d'or, seul insigne extérieur de leur nouveau grade.

Tout en buvant des citronnades glacées, ils parlent d'un projet d'excursion qu'ils doivent mettre à exécution le soir même.

Leur bataillon étant au repos, Jacques et Georges ont obtenu du commandant Garrigues une permission de deux jours, qu'ils se proposent d'aller passer dans une des îles voisines. Louis Walter, étant de service, ne pourra malheureusement pas les accompagner.

Un grand et gros soldat, à la face réjouie, s'est arrêté sur le seuil du café. Ses yeux, habitués au jour cru du dehors, ne peuvent tout d'abord discerner les gens et les choses qui sont dans la salle.

« Par ici, Berteaux, » crie Jacques, qui a reconnu son ordonnance.

Celui-ci s'est approché et salue.

« Voici le courrier, mon lieutenant, une lettre et un paquet pour vous, une lettre pour le lieutenant Walter et une pour le lieutenant Bontemps.

— Merci, Berteaux. N'oubliez pas que nous partons dans deux heures. Préparez mes modestes bagages, mon manteau pour me préserver contre le froid de la nuit, et mon revolver pour me défendre en cas d'attaque.

— Bien, mon lieutenant. »

Le brave garçon est parti.

« Voyons, murmure Jacques, ce que renferme ce colis expédié par les moucheronnes, comme aurait dit notre pauvre Parizot. »

Pendant que Georges lit rapidement la lettre que lui envoie Blondinette, et Walter celle que lui écrit son frère Franz, Jacques ouvre le paquet.

« Des roses! » s'écrie le jeune officier.

Des roses encore toutes fraîches sont couchées dans une boîte. Pour empêcher qu'elles ne se fanent, on a enveloppé l'extrémité des tiges de ouate humide et de taffetas gommé.

Au-dessous il y a une enveloppe.

Jacques a déplié la feuille qu'elle contient. Il lit ces mots :

De la part d'Odette et de Blondinette, pour déposer sur la tombe des deux vaillants amis.

Les trois jeunes gens se regardent. Ils ne peuvent parler, tant leur gorge est serrée, mais leurs yeux humides montrent assez combien profonde est leur émotion.

« Nous irons les porter ce soir, fait Georges, qui se ressaisit le premier.

— Oui, mon petit, et nous ne partirons que demain. Écoutez ce que me dit Odette.

> *Cher grand ami,*
>
> *Nous venons d'apprendre l'affreuse nouvelle, nous en sommes*

tous bouleversés. Pauvre Convent! pauvre Parizot, ami si sincè-
rement dévoué qui s'est sacrifié pour vous! Nous avons pleuré lon-
guement, je pleure encore en écrivant ces lignes.

Blondinette et moi, nous vous envoyons par le même courrier
un bouquet de roses de notre chère France. Portez-les sur la tombe à
peine fermée de nos deux amis, puisque, dites-vous, plus heureux
que d'autres, ils reposent tous les deux, côte à côte, amis dans la
vie, unis dans la mort.

Fallait-il que la fierté de vous savoir officiers, que la joie de
vous savoir échappés à un nouveau danger, fussent payées d'un si
douloureux prix!

Pauvre M. Dubail! Lui aussi, nous dites-vous, est grièvement
blessé.

Quelle terrible chose que la guerre!

Tous les jours, autour de nous, ce sont de nouveaux deuils, ce
sont des enfants et des femmes en pleurs. Tous les jours, nous
tremblons d'apprendre que les êtres qui nous sont si chers sont tom-
bés, eux aussi.

Du courage, Jacques, pour supporter le chagrin immense de
cette brutale séparation, car, je le sais, vous aimiez beaucoup ceux
qui viennent de disparaître. De la prudence dans le devoir.

Pensez à Blondinette, pensez à votre petite amie, pensez à maman
Gaspard.

Souvenirs affectueux à Georges et Louis.

ODETTE.

P.-S. — Nous recevons à l'instant une lettre de mon cher papa
dont nous étions sans nouvelles depuis longtemps. Il a quitté le camp
de Cassel pour celui d'Alten-Grabow. Il ne se plaint pas. N'a-t-il
pas sujet de se plaindre, ou ne le peut-il pas? Quand donc serons-
nous enfin tous réunis?

A la tombée de la nuit, les trois jeunes gens, partis immédiatement pour accomplir leur pieuse mission, s'arrêtent devant la
tombe de Convent et de Parizot.

Ils déposent les fleurs au pied de la croix.

Ils restent là un moment, la tête nue, le front pensif, puis ils s'en
vont sans rien se dire, le cœur tout rempli de pensées noires.

*
* *

Le lendemain, à l'aube, Jacques et Georges se dirigent vers le port.

Sur le quai, un officier de marine attend l'arrivée d'une barque qui s'approche à force de rames.

« Où allons-nous pouvoir dénicher une embarcation, Georges?

— Demandons-le à cet officier. »

Celui-ci, un enseigne de vaisseau, s'est retourné.

Une exclamation simultanée retentit :

« Grandjean!

— Bontemps! »

Les deux jeunes gens, camarades d'enfance, avaient fait ensemble leurs études au collège de Saint-Étienne. Ils venaient de se retrouver inopinément à des milliers de kilomètres de la mère patrie.

Un peu remis de leur surprise, ils s'avancent l'un vers l'autre, la main tendue.

« Quelle heureuse rencontre, mon vieux! Je ne pouvais te soupçonner si voisin de moi, et déjà promu officier. Ton nom, prononcé ces jours-ci devant moi, ne m'avait aucunement impressionné. Je te croyais à l'École des mines de Saint-Étienne.

— Je fais partie depuis un mois du corps expéditionnaire d'Orient, ainsi d'ailleurs que mon ami Jacques Vaillant, un camarade d'école que je suis heureux de te présenter.

— Enchanté de faire votre connaissance, monsieur Vaillant, dit l'enseigne en serrant la main de Jacques. Au cercle des officiers nous avons entendu parler de vous et de Bontemps à la suite de la fameuse prise du fortin turc.

— C'est là, mon cher camarade, que Georges et moi avons gagné nos galons.

« Que fais-tu donc pour le moment, Grandjean?

— Je suis commandant en second à bord du sous-marin *le Triton* que tu aperçois là-bas, émergeant de l'eau. Depuis que j'ai quitté l'École navale au début de la guerre, je n'ai pas abandonné une seule fois mon cher bateau. Je vais rejoindre mon poste et

partir en mission. J'ai un ordre dans ma poche. Mon commandant
en premier, que je viens de voir, est à l'hôpital depuis hier, atteint
de dysenterie. Ce matin, je suis donc le maître à bord, le chef
d'escadre.

« Mais vous-mêmes, qu'attendez-vous donc ici, en contemplation devant la mer?

— Nous sommes libres pour deux jours, Vaillant et moi, et nous
pensions pousser une pointe jusqu'à l'île d'Imbros. Nous étions à
la recherche d'une embarcation.

— Vous êtes libres pour deux jours! Je pars dans une heure.
Quelle direction? Je l'ignore. Comme je dois décacheter mon ordre
à bord, je serai fixé dans un instant. Je pars pour combien de
temps? Pour un jour... ou pour l'éternité. Je vous invite à m'accompagner. Peut-être M. Vaillant craint-il le mal de mer? Peut-
être, Bontemps, es-tu toi-même effrayé par la perspective d'une
plongée, par la crainte d'un torpillage ou d'un abordage?

— Nous allons avec toi, marin de malheur. C'est entendu,
n'est-ce pas, Jacques?

— Je vous suis, messieurs. »

La barque vient d'accoster. Les trois jeunes gens y sautent les-
tement.

Ils s'approchent bientôt du *Triton*, ils abordent. Quelques marins, debout sur le kiosque, la plate-forme, saluent les officiers.

« Nous allons, messieurs, dit l'enseigne, nous installer sur le
kiosque, et nous ne regagnerons l'intérieur du *Triton* qu'à la dernière minute. Dans un sous-marin il n'y a pas beaucoup de place
et l'on s'y trouve un peu à l'étroit. Je veux vous éviter une courba-
ture inutile. »

Tout en parlant il décachète son ordre.

« Oh! oh! continue-t-il, quelle chance vous avez! Pour votre
première sortie, je vais vous offrir un spectacle un peu dangereux,
mais pas banal. Un sous-marin allemand, parti de Constantinople,
est signalé comme traversant la mer de Marmara et se dirigeant
vers le détroit des Dardanelles. Nous devons aller à sa rencontre
et l'empêcher, coûte que coûte, de venir torpiller les cuirassés
anglais et français qui, prévenus d'ailleurs, se tiennent sur leurs
gardes. L'excursion vous plaît-elle?

Quelques marins debout sur le kiosque de la plate-forme saluent les officiers.

— Beaucoup, Grandjean.

— Énormément !

— Alors en route. »

L'officier crie des ordres. Les moteurs ronflent.

« Nous naviguons momentanément en surface en utilisant les moteurs à vapeur. Au train où nous marchons, nous ne tarderons pas à arriver, messieurs. »

Depuis un moment l'officier de marine a cessé de parler. Il observe attentivement la mer très calme, dont la surface est seulement ridée par de courtes vagues.

« Regardez là-bas, dit-il soudain.

— Je ne vois rien.

— Prenez la lunette d'approche, monsieur Vaillant, et vous distinguerez nettement le sous-marin boche, qui se présente à nous de flanc.

— Qui te dit que ce n'est pas un des nôtres ?

— Je sais où ils sont, Bontemps. J'ai d'ailleurs vu son numéro, le matricule qui me permet de l'identifier. Maintenant, messieurs, réfugions-nous à l'intérieur. Nous allons plonger. »

Les officiers, puis les hommes, disparaissent par l'écoutille. Les panneaux sont fermés. Les ordres se succèdent. Le sous-marin s'enfonce, son kiosque seul émergeant. Il est en demi-plongée.

« La torpille est partie, crie l'officier... Tonnerre ! elle a manqué son but. Le boche s'est remis en marche. Le voilà qui vire. Il nous a vus et veut nous prendre de flanc. En plongée ! Machine en arrière ! »

L'ordre lancé, l'enseigne se tait. Les sourcils froncés, il semble se recueillir. L'heure doit être solennelle, il doit jouer une suprême partie.

Il observe la surface de la mer par le périscope, l'œil du sous-marin.

Quelques minutes se sont écoulées.

« En demi-plongée ! » crie-t-il brusquement.

La rapide manœuvre qui vient d'être exécutée a changé la position des adversaires. Le *Triton*, qui menaçait le flanc gauche du boche, menace maintenant son flanc droit, l'ennemi ayant fortement viré, mais il n'est plus qu'à quelques mètres de son adversaire qu'il va éperonner.

Reculer, lancer une torpille!... Il est trop tard sans doute.

« A toute vitesse! » hurle l'officier.

L'avant du sous-marin français frappe l'autre en plein milieu.

« Machine en arrière! à toute vitesse! »

Minute d'épouvante.

Georges et Jacques ont compris que si le *Triton* ne peut se détacher, c'est la fin. Le boche, le flanc ouvert, va se remplir d'eau et couler à pic, entraînant avec lui celui qui l'a blessé à mort.

« Les machines donnent tout ce qu'elles peuvent donner, vient dire le quartier-maître mécanicien. Je crois que nous sommes perdus.

— Qu'on prenne les ceintures de sauvetage, qu'on ouvre les panneaux. L'équipage sortira d'abord. Nous resterons à notre poste, les derniers. »

Le *Triton* a rompu brusquement l'étreinte. Il recule.

L'épave allemande, n'ayant plus de point d'appui, s'enfonce et disparaît.

Un grand trou en entonnoir, un remous, puis une immense tache d'huile marquent la place où elle vient de couler.

On répare hâtivement les avaries, on embarque les quelques marins allemands qui ont pu échapper au naufrage.

Quelques heures plus tard, le vainqueur regagnait son port d'attache.

Jacques et Georges ne regrettaient pas leur promenade. Cependant, quand ils se retrouvèrent seuls après avoir pris congé de l'enseigne Grandjean qu'ils avaient invité à dîner, les deux jeunes gens se regardèrent un moment sans rien dire.

« Que penserait Odette de notre folle équipée d'aujourd'hui? dit Georges, rompant le premier le silence.

— Que dirait Blondinette si elle savait que tu m'as accompagné? répond Jacques en souriant.

— Le mieux est de ne pas leur en parler.

— Nous n'aurons pas ainsi à supporter des reproches...

— Bien mérités, Jacques. Nous n'aurons surtout pas à les inquiéter avec la pensée du danger que nous avons couru, sans raison. Toutes les deux, vois-tu, cachent sous des dehors frivoles un cœur de petite sensitive qu'un rien émeut et fait souffrir.

— Très bien, monsieur le psychologue. Crois-tu donc, cependant, que ces demoiselles ne pensent qu'à nous?

— Je suis certain que Blondinette tremble continuellement pour son frère, et Odette pour son grand ami.

— Je suis certain aussi que toutes deux s'intéressent constamment à l'ami du frère et du grand ami. A qui sont donc adressées les lettres de Blondinette?

— A moi.

— De qui parle-t-elle toujours quand parfois elle m'écrit? De toi, de tes exploits, de ta santé si précieuse.

— Tu n'es pas jaloux, Jacques, tu ne nous en veux pas, à Blondinette et à moi, de la bonne affection que nous avons l'un pour l'autre?

— Aucunement.

— Si tu voulais, Jacques...

— Quoi, mon vieux grand?

— Quand sera passée la grande tourmente, si notre destinée n'est pas de rester sur le champ de bataille, je te demanderai de me la confier pour toujours, ta petite Blondinette.

— Tu es presque mon frère, Georges, et je serai heureux que tu le sois un jour tout à fait. »

Pour la première fois, les deux jeunes gens s'embrassèrent.

*
* *

Jacques, souffrant de fortes douleurs d'entrailles, fut obligé de s'aliter le lendemain.

Le major, qu'on était allé chercher, ordonna son transfert immédiat à l'hôpital.

— Crise de dysenterie, dit-il à Georges; le climat ne lui vaut rien, nous allons l'évacuer. »

Vers le 15 août, le jeune officier, désespéré de quitter ses deux amis, se retrouvait à Marseille.

M. Bontemps, prévenu par dépêche, est accouru avec les deux mamans et les jeunes filles. Jacques, tout amaigri, s'est redressé sur son lit pour recevoir les siens.

Tout le monde a pris place autour du jeune homme.

8

Odette et Blondinette, assises de chaque côté du lit, tiennent chacune une main du malade.

« Ne cause pas trop, ne te fatigue pas, mon grand frère. Nous allons te regarder.

— Oui, Blondinette.

— Guérissez-vous vite, très vite, Jacques, pour venir apporter un peu de gaieté dans notre grande maison toute triste.

— Toute triste en effet, comme le dit Odette, car, depuis votre départ pour l'Orient, surtout depuis la mort de vos deux braves amis, nos petits rossignols ne chantent plus. Quant aux deux mamans, qui causent à peine, elles ont toujours les yeux rouges.

— Le bon papa aussi, Jacques. N'écoute pas M. Bontemps. Il voudrait te faire croire que nous seules manquons de vaillance.

— Je vous sais courageuses, madame Bontemps et vous, maman Gaspard. Vous êtes deux bonnes mères, au cœur délicieusement tendre, qui souffrez de nous savoir exposés au danger, mais qui ne récriminez pas contre le grand et noble devoir que nous remplissons. Vous êtes de vraies mamans de France. »

Le temps a passé vite en bavardant. On avait tant de questions à poser, tant de choses à se raconter, tant de tristesses à se rappeler !

L'infirmière-major vient interrompre la bonne causerie. Elle fait songer à ceux qui ne se lassent pas d'être auprès du cher malade, qu'il est temps de partir.

« Pour la première fois, dit-elle pour s'excuser, il ne faut pas trop le fatiguer. Rassurez-vous d'ailleurs sur son état. Il est en bonne voie de guérison. »

Odette et Blondinette sont restées un instant en arrière.

Blondinette s'est penchée vers son frère. Elle lui parle à voix basse.

« Puis-je toujours écrire à Georges, bien que tu ne sois plus là-bas ? demande-t-elle en rougissant.

— Oui, ma Blondinette. Tes lettres seront une douce consolation pour le pauvre petit resté seul. C'est un grand bonheur pour lui de les recevoir.

— Il te l'a dit ?

— Oui, Blondinette.

— C'est un grand bonheur pour moi de les écrire. Au revoir, bon petit frère ! »

Odette et Jacques se serrent longuement la main.

« Pas d'imprudence, Jacques, recommande la jeune fille, ni aujourd'hui, ni plus tard. Au revoir, à bientôt !

— Au revoir, Odette... à toujours ! »

CHAPITRE VIII

CONVALESCENCE

**1. Doux serment. — 2. Mauvaise nouvelle.
3. La mort de Louis Walter. — 4. Nouvelle séparation.**

Jacques se trouva bientôt hors de danger. Jouissant d'un tempérament robuste, il avait pu facilement vaincre la maladie.

M. Bontemps, tout à fait rassuré, décida que l'on retournerait à la maison.

A la fin du mois d'août le jeune homme débarquait à son tour à Saint-Étienne, où il venait passer quinze jours de convalescence.

« Quinze jours seulement! s'écria Odette, il vous faudrait au moins deux mois pour vous remettre.

— Ainsi en a décidé le major, petite amie.

— C'est un méchant homme.

— Je suis de ton avis, Blondinette. Il faut nous résigner et tâcher d'utiliser le mieux possible le peu de temps que nous avons à passer ensemble.

— C'est cela, Jacques. Vous ne nous quitterez pas de la journée.

— Quand nous sortirons, tu sortiras. Quand nous resterons...

— Je resterai, Blondinette. En un mot, je serai votre esclave.

— Ce sort vous déplairait-il, ami Jacques?

— Je l'accepte avec joie. »

Conservant ses habitudes de soldat, le jeune homme se lève tous les jours de très bonne heure. Il se promène dans le parc avec ses petits amis, Pierre, Henri et Maxime, les pauvres petits mutilés qu'il avait recueillis sur la route d'Arras au mois d'août 1914.

Lorsqu'il était revenu au mois de juillet, les enfants se trouvaient avec leur mère à Paris, où l'ingénieur les avait envoyés pour se procurer une main mécanique. Il les avait alors à peine entrevus et n'avait pu profiter de leur gai babillage.

Depuis le jour où, complètement guéris, ils ont quitté l'hôpital, tous les trois habitent avec leur maman chez M. Bontemps.

Mme Dutertre, guidée par un sentiment de scrupuleuse délicatesse, craignant de gêner ceux qui l'avaient si bien accueillie, avait manifesté l'intention de partir avec ses enfants.

Odette et Blondinette ne voulurent jamais entendre parler de séparation. Elle fut donc obligée de céder.

*
* *

Profitant d'un bel après-midi d'automne, toute la famille prend le thé et bavarde sous les arbres du parc au feuillage jauni.

Odette et Blondinette, cuisinières déjà expertes, ont préparé une délicieuse crème au chocolat et un exquis gâteau de Savoie, avec lesquels se régalent grands et petits. Pierre, gravement assis devant la table, vient de finir sa part de crème et de gâteau.

« As-tu encore faim, mon mignon?

— Non, moiselle Odette. Déproche-moi, s'il te plaît, petit Pierre veut aller jouer. »

Odette, habituée au langage simple des petits, a compris le verbe *déprocher*, charmant produit de l'imagination enfantine. Elle éloigne de la table la chaise du bonhomme, qui s'empresse d'aller rejoindre ses deux frères.

Les deux mamans, trouvant qu'il fait un peu frais sous les arbres, marchent pour se réchauffer.

Blondinette enlève prestement les tasses et les assiettes, la théière et le sucrier, et porte le tout à la maison.

Odette et Jacques sont restés seuls.

« Bonsoir, monsieur le lieutenant, bonsoir moiselle Odette, crie

Pierre, assis en face d'eux sur le bord de la pièce d'eau. Je jette du pain aux petits poissons; ils sont contents, ils rient en sautant.

— Fais attention, ne glisse pas.

— Non, moiselle. »

La jeune fille s'est tournée vers Jacques.

« Comme il est gentil, cet Amour!

— C'est un adorable enfant. Plus tard, Odette, si je reviens...

— Si vous revenez! Oh! le méchant!

— La destinée du soldat est d'être exposé chaque jour à la mort, et nous devons envisager sans effroi les pires éventualités. Si je reviens, Odette, et si vous aimez toujours votre grand ami...

— Jacques!

— Mon rêve, Odette, serait de vous offrir mon nom, de consacrer ma vie à vous rendre heureuse. Si vous acceptiez, si vous me permettiez de ne plus jamais vous quitter, nous adopterions petit Pierre. »

Jacques attend, les yeux baissés et obstinément fixés sur le sable de l'allée.

Une petite main s'est posée sur sa manche, et il écoute, ravi, la voix charmeuse de la jeune fille.

« Pour me guider dans la vie, je ne pourrai jamais, grand ami, trouver un être plus cher, au cœur plus tendre et plus généreux.

— Ma chère Odette, murmure Jacques.

— Si vous revenez, Jacques, je serai votre femme. Peut-être ne reviendrez-vous pas. Vous le voyez, j'ose, moi aussi, envisager, en tremblant, hélas! cette affreuse chose. Alors, Jacques, je resterai seule, toute ma vie, vivant avec votre souvenir. Je garderai près de moi ce petit mignon que nous aurions élevé ensemble, j'en ferai un homme comme vous, et cela suffira à remplir mon existence.

— Merci, petite amie bien chère. »

Les deux jeunes gens se regardent à présent sans rien dire, pensant à l'engagement solennel qui vient de les lier pour toujours.

Blondinette arrive en courant et vient rompre le charme.

« Un officier te demande, Jacques, crie-t-elle, essoufflée.

— T'a-t-il donné son nom?

— Non, il m'a dit seulement être le gestionnaire de l'hôpital de Saint-Étienne. Il t'attend au salon. »

Jacques ne devait pas tarder à revenir. Il retrouva les deux mamans et les jeunes filles assises derrière la maison.

« Pardonnez-moi de vous quitter, dit-il brusquement, je suis obligé de m'absenter pendant une heure. »

Jacques est un peu pâle, nerveux, embarrassé. Cela n'échappe pas à la perspicacité toujours en éveil des deux mères.

« Avez-vous donc reçu une mauvaise nouvelle, Jacques?

— Un camarade de régiment, blessé, me fait demander.

— S'agit-il de Georges? Lui est-il arrivé quelque chose? Depuis quinze jours nous n'avons aucune nouvelle ni de lui ni de Walter.

— Parle, Jacques, rassure-nous, mon petit frère, dis-nous la vérité. »

Blondinette s'est accrochée au bras du jeune homme, et celui-ci a lu dans les beaux yeux bleus profonds tant de douloureuse anxiété qu'il ne peut s'empêcher d'avouer :

« Georges et Louis sont de retour en France.

— Mon fils est donc blessé, grièvement blessé?

— Il a une fracture de la cuisse par éclat d'obus, la même blessure que Louis.

— Je veux le voir. Où est-il?

— A l'hôpital de Saint-Étienne, madame. Il a demandé à venir jusqu'ici pour être auprès de vous; le voyage l'a épuisé…

— Il va mourir peut-être. Je veux le voir, Jacques.

— Restez, madame, attendez mon retour. Une grande émotion peut le tuer, il est très faible.

— Restez, maman Bontemps, il s'agit de sa vie. Moi aussi j'ai du chagrin, beaucoup de chagrin… mais je suis forte… voyez… Va, Jacques, et reviens vite pour nous rassurer. »

Blondinette est à genoux devant la maman éperdue. Elle lui baise les mains.

« Ne pleurez pas, continue-t-elle, la voix rauque, notre Georges guérira, il ne peut pas ne pas guérir.

— Tu l'aimes donc bien, Blondinette?

— Oh! oui, beaucoup, beaucoup! »

La jeune fille a laissé tomber la tête sur les genoux de Mme Bontemps qui embrasse les beaux cheveux d'or.

« Ma fille! ma chère fille! »

* *
*

Jacques a couru jusqu'à l'hôpital.

Il vole jusqu'au coin de la salle où ses deux amis sont étendus sur leur lit de souffrance.

Georges ouvre les yeux. Il reconnaît Jacques.

« Maman ! papa ! Blondinette ! Je veux les voir, murmure-t-il.

— Demain, mon petit.

— Tout de suite.

— Demain. Tu es trop faible aujourd'hui.

— L'assaut, Jacques. Le commandant Garrigues tué, Walter blessé. J'ai soif. Je veux voir maman... Blondinette... papa ! »

Le jeune homme délire.

Jacques refoule ses larmes. Il ne faut pas pleurer devant ceux qui souffrent, pour ne pas amollir leur courage, pour ne pas les troubler.

« Dors, repose-toi, » dit-il en serrant les mains de son ami.

Il se tourne alors vers Walter qui, les yeux mi-clos, la figure livide, semble dormir déjà de l'éternel sommeil.

Il se penche vers le blessé, qui ouvre les yeux, essaye de se soulever.

« Jacques !

— Mon cher petit.

— Carte de Franz... Là... Lis. »

Louis retombe sans forces, épuisé par cet effort.

Sur la table de nuit est posée une carte. Jacques la prend et la parcourt.

Il n'a pas le temps de terminer sa lecture. Le major, qui passait dans la salle, s'est approché de lui.

« C'est votre ami ? dit-il à voix basse.

— Oui, docteur, mon ami et mon cousin. Comment le trouvez-vous ?

— Bien mal.

— Bien mal !

— Il y a des complications multiples, de la gangrène. Il est perdu.

— Perdu !

— Sans espoir. C'est une question d'heures.

— C'est le troisième, » murmure Jacques, qui s'écroule, abattu, sur une chaise placée entre les deux lits.

Il se retourne pour demander au major ce qu'il pense de l'état de Georges. Le docteur n'est plus là. Il a traversé la salle pour aller au-devant d'un général qui vient d'entrer, suivi de ses officiers d'ordonnance et du médecin-chef.

Le groupe s'est approché des lits de Georges et de Walter. Jacques s'est levé et salue.

« Celui-ci, explique à voix basse le major en montrant Georges, nous le sauverons. Je vais l'opérer d'urgence.

— Et l'autre ?

— Vous arrivez à temps, mon général.

— Comprendra-t-il seulement, le pauvre petit, ce que je viens lui apporter ? »

Le général a pris la main du moribond.

« Sous-lieutenant Walter, noble fils d'Alsace venu pour servir votre vraie patrie, au nom du président de la République, je vous fais chevalier de la Légion d'honneur. »

Louis a entendu. Ses yeux s'entr'ouvrent. Il voit le ruban, il voit le chef. Il ébauche un salut.

Une lueur de raison éclaire un instant son pauvre cerveau. Son regard fixe Jacques.

« La croix, Jacques. Pour les vieux... Ma France ! ma patrie ! »

Il se soulève, retombe. Il est mort.

« Ma France ! ma patrie ! » murmure le général, qui se découvre lentement.

Georges n'a pu voir le triste spectacle que lui cache le groupe des officiers.

Le général est devant lui. Avec le même cérémonial, il le décore.

« Et Walter ? murmure le blessé.

— Il a eu sa croix, mon petit... Chut ! Taisez-vous... Il dort. »

*.
* *

A la suite de l'opération pratiquée d'urgence, l'état de Georges s'est amélioré.

Les parents du jeune officier ont été autorisés à venir le voir pendant une heure.

Deux yeux noirs immenses brillant au milieu d'une figure pâle enfouie dans l'oreiller : c'est tout ce qu'aperçoit d'abord la maman, c'est tout ce que distingue Blondinette.

Le regard du blessé va de l'un à l'autre des deux visages chers penchés sur lui.

« Nous avons eu bien peur, mon Georges, je t'ai cru perdu, murmure Mme Bontemps.

— Je suis un rescapé, chère maman. Me voilà cloué sur mon lit, faible comme un enfant. Les forces, je l'espère, reviendront peu à peu.

— Vous serez très prudent, Georges.

— Oui, Blondinette. Je veux guérir vite... je veux guérir pour repartir.

— N'as-tu pas payé ta dette, mon Georges?

— Je retournerai au feu dès que je le pourrai, il le faut, maman, c'est le devoir. »

Georges a tourné les yeux vers Odette et Jacques qui se trouvent debout au pied de son lit.

« Et toi, Jacques, quand repars-tu? demande-t-il à son ami.

— Demain.

— Où vas-tu?

— J'ai demandé et obtenu l'autorisation de rejoindre, sur le front français, notre ancien régiment. Le commandant Garrigues a été tué. M. Dubail est, je pense, toujours en traitement à l'hôpital de Nice, je n'ai aucune nouvelle de lui depuis deux semaines. Je n'ai donc plus d'amis là-bas, à Gallipoli.

— C'est vrai, tu restes seul maintenant. Deux sont morts...

— Trois, hélas!

— Trois, Odette? »

Malheureuse Odette! Sans le vouloir elle vient de dévoiler à Georges la triste nouvelle qu'on voulait lui cacher.

« Walter est mort ? interroge Georges en se soulevant. On m'a trompé quand on m'a dit, il y a quelques jours, qu'on l'avait transporté dans une chambre isolée afin de lui éviter le bruit. Walter est mort ? Regarde-moi en face, Jacques, tu ne saurais mentir. »

Le premier coup est porté. Il vaut mieux maintenant ne pas celer la vérité.

« Walter est mort, répond sourdement Jacques.

— Quand ?

— Immédiatement après qu'on l'a eu décoré. Il m'a donné sa croix, que je dois remettre à ses parents.

— Pauvres vieux !

— Un double deuil les frappe. A l'heure où Louis mourait, on enterrait en Alsace son frère Franz, décédé, lui aussi, des suites de ses blessures.

— L'a-t-il su, le pauvre petit ?

— Non, heureusement. Nous n'avons appris la nouvelle qu'hier. Il n'a pu, c'est une consolation, lire la dernière carte, simple et émouvante, de son cadet qui lui annonçait sa blessure mortelle. Tiens, parcours ces lignes, elles sont belles. »

Georges lit le papier que lui a tendu son ami :

Mon grand Louis,

Je suis tombé à l'Hartsmannweilerkopf, à quelques pas de chez nous. Je suis grièvement blessé. Qu'importe !

Dans le lointain j'ai eu la joie d'apercevoir notre clocher. Je suis tombé en le regardant, en pensant à maman et à papa qui attendent là-bas la délivrance, en pensant aux petits que nous voulons rendre à leur vraie patrie, en pensant à toi, mon vaillant aîné, qui souffres sur ton lit d'hôpital.

Peut-être m'as-tu caché la gravité de ta blessure ! Peut-être alors les pauvres vieux auront-ils à pleurer la perte de leurs deux grands gars, car je me sens perdu !

Pour sécher leurs larmes, il leur suffira des beaux jours de la victoire. Ils oublieront alors leur sacrifice.

Du courage, frère ! Nos souffrances ? Ce n'est rien. Nous les endurons pour la France. Notre mort ? Elle ne comptera pas.

*J'aurais voulu vivre cependant jusqu'au jour de l'écrasement de
nos bourreaux. J'aurais voulu cependant combattre et tomber
auprès de toi. Telle ne devait pas être notre destinée.*

Adieu. Ton frère qui t'a bien aimé.   FRANZ.

Georges a rendu la carte.

« Ils méritaient, prononce-t-il gravement, de mourir et de reposer ensemble. Où est-il enterré, notre pauvre Louis?

— Dans le coin du cimetière de Saint-Étienne réservé aux soldats. Nous soignons sa tombe. Odette et Blondinette la couvrent
de fleurs.

— Il les a bien gagnées. C'était un brave ami, ce fut un
héros. Pleurons-le et envions son sort. Quand je pourrai me lever
et sortir, ma première visite sera pour lui... Viendras-tu me voir
demain, Jacques?

— Impossible, mon petit, je pars à la première heure. »

Le 18 septembre, au matin, Jacques fait ses adieux aux deux
jeunes filles, qui ont tenu à l'accompagner jusqu'à la gare.

« En voiture! En voiture! » crient les employés.

Odette et Blondinette, les yeux humides, se serrent l'une contre
l'autre comme au soir du 31 juillet, la veille de la mobilisation.
Jacques leur presse la main une dernière fois.

« Au revoir, mes deux chéries! A bientôt! »

A bientôt... ou à jamais.

Longtemps, aussi longtemps qu'il peut les apercevoir, le jeune
homme regarde, penché à la portière, et pour toujours il emporte
la dernière vision du groupe charmant.

CHAPITRE IX

PRISONNIER

Jacques vient se présenter au colonel, qui a établi sa demeure au centre du village de Pertes-les-Hurlus, dans une modeste maison de paysans que les obus n'ont pas détruite complètement.

Un planton est à la porte.

« Le bureau du colonel?

— C'est ici, mon lieutenant. »

Un corridor conduisant au jardin traverse la maison. A droite est une pièce où l'on travaille ; à gauche, une autre pièce où l'on mange et où l'on dort. C'est tout.

Jacques a pénétré dans le bureau.

Un homme travaille, assis devant une table surchargée de papiers et de cartes. Sur sa manche brillent cinq galons d'or ; sur sa poitrine s'étale la croix d'officier de la Légion d'honneur. C'est tout ce qui le distingue des secrétaires qui écrivent dans un coin, des officiers qui entrent et sortent, apportant et emportant des ordres.

Le colonel a levé la tête.

« Sous-lieutenant Vaillant, du corps expéditionnaire d'Orient, mon colonel, affecté sur sa demande à son ancien régiment, énonce Jacques rapidement.

— Soyez le bienvenu, lieutenant. »

Le colonel tend la main au jeune officier.

« J'ai accueilli favorablement la demande que vous m'avez faite, vos états de service ayant parlé pour vous. Je savais déjà que vous étiez un bon et brave soldat. Quelqu'un a eu l'indiscrétion de me parler de votre enfance laborieuse, de me vanter votre belle conduite en Orient.

— Serais-je indiscret, mon colonel, en vous demandant qui a pu vous parler de moi?

— C'est votre capitaine.

— M. Dubail?

— Lui-même. Il m'avait écrit, sachant que vous aviez manifesté le désir de revenir avec nous, le climat de là-bas ne vous étant pas favorable. Il m'a appris la mort de Garrigues.

— Un homme loyal, bon et brave, que nous aimions beaucoup, mon colonel.

— C'était un vrai soldat. Pauvre Garrigues! Et vos amis, que sont-ils devenus?

— Trois sont tués, mon colonel. Le quatrième, Georges Bontemps, a la cuisse fracassée.

— Bientôt, hélas! d'autres tomberont encore. D'après les ordres que j'ai reçus, je crois, Vaillant, que nous ne resterons pas longtemps inactifs. Je vais vous faire conduire à votre compagnie. Une surprise vous y attend.

— Une surprise, mon colonel? M. Dubail est là... il est mon capitaine... il est encore mon capitaine. Et moi qui le croyais toujours à l'hôpital.

— A peine guéri, il a demandé à repartir. Lui aussi a sollicité l'honneur d'appartenir à notre régiment pour rester avec vous. Il est ici depuis quelques jours, et j'ai déjà eu l'occasion de l'apprécier. C'est une belle figure d'éducateur, c'est un merveilleux entraîneur d'hommes... Je bavarde et j'oublie que le capitaine Dubail est impatient de vous voir.

— Je suis heureux, mon colonel, bien heureux. »

Quelques instants plus tard, M. Dubail et Jacques s'entretiennent dans la tranchée, où le jeune officier a retrouvé son chef occupé à causer avec ses hommes.

Soudain une marmite tombe et éclate non loin d'eux, creusant un trou, projetant de la terre et des éclats tout autour.

Jacques a jeté à droite et à gauche un coup d'œil rapide. Personne n'est blessé. Calme et souriant, il fait disparaître d'une chiquenaude la terre qui couvre sa manche, et reprend la conversation interrompue.

« Il a l'air crâne, le petit, » déclare un vieux sergent qui, accroupi non loin de là dans le boyau, a vu le geste.

Par son courage tranquille, Jacques vient de gagner la confiance et l'estime de ses hommes.

En une journée il va conquérir leur affection.

Il s'arrête auprès de chacun, interroge discrètement chaque soldat sur sa situation, sa famille, il s'enquiert de ses besoins, de ses désirs.

« Pas fier, l'enfant, » a décrété, le soir, un poilu.

Sa réputation était établie.

Il avait su plaire, il avait su s'attacher ses hommes, prêts maintenant à le suivre partout le jour de l'attaque.

Celle-ci devait se déclancher le 24 septembre.

**
* **

Depuis soixante-douze heures notre artillerie bombarde sans interruption les positions ennemies, nivelant les tranchées, arrachant les fils de fer barbelés, défonçant les cavernes profondes creusées dans la craie ou en bouchant l'entrée.

A la même heure, sur toute la ligne, on doit partir en avant dès que nos canons auront cessé leur tir.

Jacques se promène, allant de l'un à l'autre, multipliant les encouragements et les recommandations.

Il vient de s'arrêter devant un homme d'une quarantaine d'années qui lit une lettre, assis au fond de la tranchée.

Le soldat, les yeux pleins de larmes, a relevé la tête.

« Avez-vous donc reçu de mauvaises nouvelles, Many? interroge Jacques.

— Mauvaises. La femme est très malade. Elle a une péritonite. On l'a transportée à l'hôpital. Les petits sont restés à la maison avec l'aînée, ma Jeanne, une grande fille de quinze ans. »

Jacques prend la main du soldat.

« Du courage, Many.

— J'en ai, mon lieutenant.

— Vous êtes du Nord, je crois, et votre femme, m'avez-vous dit, s'est réfugiée à Lyon avec vos enfants.

— Oui, mon lieutenant. C'est à l'hôpital de cette ville qu'elle est soignée.

— Ce soir... si nous en revenons... j'écrirai aux miens, qui habitent Saint-Étienne, pour les prier de s'intéresser à votre chère malade et à vos pauvres petits.

— Vous êtes trop bon, mon lieutenant.

— Je remplis un devoir bien agréable, Many. Si vous le désirez, je puis même vous faire évacuer, il en est temps encore.

— A cette heure,... au moment du danger... Non, jamais, mon lieutenant. »

L'homme s'est levé brusquement. Il tend la lettre à Jacques.

« Lisez, mon lieutenant. Vous verrez que la petite me dicte mon devoir. »

Jacques a pris le papier froissé et humide de larmes.

La lecture terminée, il remet la lettre au pauvre soldat si éprouvé. Ses mains tremblent. Un sanglot lui monte à la gorge.

« Vous avez lu, mon lieutenant?

— Restez, Many. Ici, en effet, c'est le devoir. »

Le jeune officier a tiré sa montre. L'heure approche.

Le capitaine Dubail vient lui serrer la main.

Neuf heures quinze. L'artillerie a cessé de tonner. Un grand cri retentit :

« En avant! »

Les troupes d'assaut partent. Elles bondissent au-dessus des tranchées bouleversées, dégringolent dans des trous d'obus, cueillant les Allemands qui, abrutis par la violence du bombardement, se rendent sans résistance, massacrant ceux qui se défendent.

C'est alors une mêlée de quelques minutes, un corps à corps indescriptible...

9

On a franchi d'un bond cinq lignes de défense. On s'arrête un peu pour reprendre haleine.

« Là-bas, sur notre droite, des Allemands viennent de sortir d'une cagna, ils fuient, regardez, mon lieutenant.

— Ils emportent leur drapeau, Many. Arrêtons-les. En avant, mes gars. »

Les hommes repartent, électrisés par l'exemple du jeune officier.

Celui-ci est sur le point d'atteindre le groupe des fuyards, une dizaine d'hommes commandés par un officier.

Trois Allemands ont fait volte-face. Ils tirent sur Jacques et le manquent. Notre ami est sur eux. Il vide son revolver, abat deux Boches. Le troisième lui transperce le bras gauche de sa baïonnette. Sans souci de la douleur, Jacques continue à se battre. Il enfonce son sabre dans la gorge de son adversaire.

Débarrassé de ces gêneurs, il poursuit sa route, les yeux fixés sur le but qu'il veut atteindre.

Les Allemands et l'officier porte-drapeau se sont arrêtés.

Ils sont serrés de près par Jacques et par quelques hommes qui l'ont rejoint. Many est de ceux-là. Les Boches paraissent résolus à bien se défendre, à bien défendre l'emblème dont ils ont la garde.

L'officier allemand a braqué son revolver sur Jacques qui est à quelques mètres de lui. Les hommes tirent sur les compagnons du jeune officier, dont quelques-uns tombent.

Celui-ci s'est jeté à genoux. Les balles de revolver sont passées au-dessus de sa tête. Il se redresse alors brusquement, et d'un coup d'épée il entaille le bras du porte-drapeau, qui laisse choir son arme. Il prend son adversaire à bras le corps, le renverse, saisit le revolver qui traîne à terre et lui brûle la cervelle.

Un soldat allemand va tirer sur Jacques à bout portant. Many est là, heureusement. D'un coup de crosse assené sur la tête, il abat l'homme.

C'est alors une mêlée de quelques minutes, un corps à corps indescriptible, qui se termine par la victoire de Jacques et de ses vaillants soldats.

Les vainqueurs, portant le glorieux trophée, ramenant avec eux les blessés, sont revenus jusqu'à la dernière position conquise, sur laquelle s'organise la compagnie du capitaine Dubail.

« Hourra! crient les poilus. Vive le lieutenant! »

Le capitaine serre son élève dans les bras.

« C'est bien, Vaillant, dit-il, c'est beau. Nous vous regardions tous, tes braves gars et toi, et nous nous tenions prêts à voler à votre secours.

— Pourquoi n'avanciez-vous pas?

— L'ordre vient d'arriver de ne pas dépasser cette ligne.

— Le terrain est libre cependant. Il n'y a plus personne. Le village de Tahure est là, à quelques pas de nous.

— L'ordre est formel.

— Laissez-moi partir avec mes hommes.

— Allons-y, mon lieutenant, le capitaine fermera les yeux. »

Un vieux sergent, celui-là même qui, le premier jour, avait porté sur Jacques un jugement court, mais élogieux, vient de parler au jeune officier qui bout d'impatience.

« Allons-y, » murmure ce dernier.

Le capitaine s'est retourné pour ne pas voir. Ce qui reste de la section de Jacques est déjà parti à la suite de son chef.

« Arrêtez, hurle le colonel qui vient d'arriver. Nous ne devons pas aller plus loin.

— Nous sommes sûrs d'atteindre le village, mon colonel.

— L'ordre du général est formel, Dubail, nous ne devons pas l'enfreindre.

— Allez donc retenir ces héros! »

De la pointe de son épée le capitaine montre les soldats qui, guidés par Jacques, avancent toujours.

« Nous ne pouvons les laisser seuls, murmure le colonel.

— Alors, avançons, mon colonel.

— En avant! » gronde celui-ci, prenant une résolution subite.

Jacques et ses hommes sont si bien lancés que rien ne peut les arrêter. Ils ont atteint une tranchée restée à peu près intacte, en avant du village de Tahure. Ils transpercent, ils fusillent, ils étranglent, ils tuent et passent.

Le reste du régiment ne les suit malheureusement pas. Sur toute la ligne allemande, des mitrailleuses, demeurées jusqu'ici silencieuses, sont entrées en action. L'artillerie ennemie se réveille. Des obus sifflent, éclatent et fauchent.

Des officiers et des soldats s'affaissent.

« Arrêtez ! crie le colonel, qui vient de tomber à son tour, grièvement blessé. Faites regagner la ligne que nous venons de quitter, Dubail. C'était de la folie ! C'était de la folie !

— Mon pauvre Jacques, murmure M. Dubail, il est perdu, bien perdu ! »

La ligne allemande, un instant percée, s'est refermée sur le jeune officier et les quelques survivants qui l'entourent.

Ils viennent tous échouer près d'un petit bois.

« Retournons, dit Jacques, nous sommes allés trop vite. »

Malédiction ! l'artillerie française, allongeant son tir, arrose un instant le boqueteau et ses environs.

Un obus éclate au milieu d'eux, qui les abat, les tuant ou les blessant grièvement.

L'officier est couché, un éclat dans le ventre. Many, le seul qui reste debout, a le bras gauche labouré par un autre éclat.

Il se penche sur Jacques évanoui, il tâte le cœur.

« Vivant ! encore vivant ! » s'écrie-t-il.

Avec son bras resté valide il soulève péniblement, mais le plus doucement possible, le corps de son chef et, dans un effort suprême, il l'emporte sous bois, le dépose dans un trou d'obus.

Rapidement il panse la blessure de l'officier, puis la sienne.

« Maintenant, murmure-t-il, attendons la nuit. »

Épuisé par une grande perte de sang, il s'écroule à terre et s'évanouit à son tour.

⁎⁎⁎

Le canonnade continue, moins intense. La fusillade a cessé.

Le jour baisse. Sous les arbres du bois, dont quelques-uns, déchiquetés par les projectiles, offrent l'aspect de squelettes décharnés, il fait déjà sombre.

Many a repris ses sens.

Où est-il ? Que s'est-il passé ?

Tout lui revient à la mémoire, l'attaque, la ruée en avant, sa blessure, celle de son lieutenant.

« J'ai soif! j'ai soif! murmure plaintivement Jacques, couché à côté de lui.

— Je n'ai pas d'eau, mon lieutenant.

— J'ai soif! à boire! je vais mourir! continue le jeune officier qui délire, appelant les siens.

— Pauvre petit! Perdu, peut-être. Quel malheur! Un garçon si brave et si bon... Je n'entends plus rien. Où sommes-nous? Les Allemands ont-ils reculé?... Allons voir. »

Many est à la lisière du bois.

A quelques pas de lui, des cadavres sont étendus, des blessés geignent. Là-haut, dans le jour incertain, des corbeaux croassent lugubrement.

Des hommes, ou plutôt des ombres, s'avancent là-bas.

Le cœur du brave garçon bat plus vite. Sont-ce des Français ou des Allemands?

Dans le demi-jour du crépuscule il distingue des casques à pointe.

« Pris! nous sommes pris! » murmure Many désespéré.

Il s'aplatit derrière un mort et, en rampant, gagne silencieusement un buisson.

Les soldats ont vu les Français Ils accourent.

Ils fouillent les cadavres, les détroussent. Des blessés ouvrent les yeux, réclament à boire. Les brutes les clouent à terre d'un coup de baïonnette. Puis ils s'éloignent en riant, heureux de leur honteux exploit.

Many est revenu près de Jacques, qui continue à gémir et à délirer.

« Les Allemands sont là, mon lieutenant, nous allons être faits prisonniers.

— Des Allemands! Prisonniers! Non... jamais... non... Tuez-moi. Mes galons, mes papiers... arrachez... déchirez. »

Many a compris. Bien souvent le jeune officier avait répété à ses hommes :

« Si je suis un jour fait prisonnier, n'oubliez pas que je désire surtout qu'ils ignorent mon grade. Je suis sous-officier, et non officier. Je ne veux pas vous quitter. »

Le brave garçon arrache le galon d'or des manches, prend le portefeuille bourré de lettres et de notes, enlève la jumelle, l'étui à revolver, l'épée, et fait disparaître le tout dans un trou qu'il recouvre de terre et de feuilles mortes.

. « Sous-officier... je suis sous-officier... dites-le, Many. Restez avec moi... J'ai soif... A boire!... A boire!... »

On vient de marcher non loin d'eux. Les branches tombées à terre craquent. Une petite lumière perce les ténèbres, profondes à présent. Attirés par le bruit des voix, des infirmiers allemands accourent.

« Taisez-vous, mon lieutenant, ordonne Many, taisez-vous... on vient. »

Sur les deux blessés se projette la lumière de la lampe électrique de poche que tient un sous-officier.

« Des Français! » crie celui-ci, qui parle un peu notre langue.

Il se penche vers Many.

« Blessé?... Où? demande-t-il.

— Au bras.

— Et le camarade?

— Au bras et au ventre. »

Par un chemin creux qu'éclaire faiblement la maigre lumière de la lampe électrique, les infirmiers s'éloignent, portant Jacques sur une civière. Many marche à côté, tenant la main pendante et inerte de son chef.

Un bruit de voix, des lumières.

On approche du poste de secours établi en arrière du village de Tahure, dans la ferme du moulin Ripont.

Dans la cour, des blessés allemands attendent, étendus sur la paille.

Des soldats, des sous-officiers, sont accourus.

« *Franzosen! Hunde Franzosen! Wacke!* (Des Français! chiens de Français! voyous!) » crient-ils.

Ils montrent le poing, menacent les deux blessés, crachent sur eux.

Many, calme, un peu pâle cependant, regarde fixement les brutes. L'autre, moribond inconscient, murmure plaintivement et sans arrêt :

« J'ai soif! à boire! »

Le groupe s'est arrêté. Un sous-officier s'en approche. Il montre Jacques du doigt.

« Officier? demande-t-il, en s'adressant à Many.

— Non. Sous-officier. »

Sans mot dire, l'Allemand lève la main pour souffleter la figure du petit, corps meurtri et sans défense.

Many a saisi la main criminelle et la serre à la broyer.

« Lâche! » crie-t-il.

Le sous-officier infirmier a vu la scène révoltante, il accourt. Le visage sévère, il adresse en allemand quelques mots à la brute, qui s'éloigne en maugréant.

Jacques et Many ont été introduits dans une des chambres de la ferme transformée en salle d'opération.

Une odeur insupportable de pharmacie prend à la gorge.

On emporte des blessés qui gémissent. Sur la table recouverte d'un matelas déjà tout ensanglanté, un homme est étendu qui hurle.

C'est maintenant au tour de Jacques.

Le major allemand examine la plaie, puis, avec un instrument, il fouille, il cherche.

Sous la douleur le jeune homme a repris ses sens. Il ouvre les yeux. Malgré toute la douceur, la dextérité de l'opérateur, Jacques souffre atrocement.

« Odette! maman! grince-t-il entre ses dents serrées.

— C'est fini, mon petit, c'est fini. Voyez, j'ai pu extraire l'éclat d'obus... La plaie n'est pas profonde, heureusement pour vous. »

Le pansement est terminé. Le médecin donne des explications aux infirmiers pour l'établissement de la fiche sanitaire qui accompagne chaque blessé.

Jacques jette autour de lui des regards étonnés. Il lui semble rêver. Il entend parler allemand, il voit des Allemands.

Tout à coup il se souvient.

« Prisonnier, murmure-t-il douloureusement, je suis prisonnier! »

Après un long et pénible voyage de trois jours et de quatre nuits passés dans des wagons à bestiaux, Jacques et Many débarquent à Magdebourg, grande ville allemande située à une centaine de kilomètres de Berlin.

« La chance nous favorise, Many, dit le jeune officier à son brave compagnon, auquel il a raconté toute sa vie ; nous ne sommes pas loin du camp d'Alten-Grabow, où est interné M. Gaspard, et j'espère que nous irons bientôt le rejoindre. »

Deux longs mois devaient s'écouler avant que cette joie leur fût réservée.

Le voyage avait beaucoup fatigué le jeune homme, et le lendemain de son arrivée à Hofjæger, hôpital de fortune installé dans un café-concert, son état empirait.

La fièvre et le délire s'étaient de nouveau emparés de lui.

Pendant plus de quinze jours il resta entre la vie et la mort.

Aux heures de lucidité il connut l'atroce souffrance morale de celui qui se sent mourir loin des siens, loin de la terre natale, loin du grand ciel bleu de France, au milieu d'étrangers indifférents, sinon hostiles.

A ces heures-là, il n'appelait plus maman Gaspard, Blondinette et Odette, comme à ses moments de divagation, mais il pensait a elles. Tout son être volait vers elles, et de grosses larmes coulaient silencieusement le long de ses joues amaigries.

« C'est fini, Many, disait-il parfois, c'est fini, je ne les verrai plus, je ne verrai plus ma bonne maman Gaspard, ma Blondinette et ma petite amie si chère... Je vais mourir loin d'elles... loin de ma patrie. »

Et le fidèle Many, refoulant ses pleurs, grondait un peu, souriait, puis consolait, en trouvant, comme une mère, les mots qui savent calmer.

Nuit et jour il restait au chevet du blessé, le soignant comme son propre enfant.

La présence de ce bon et dévoué garde-malade était d'un grand réconfort pour Jacques.

Celui-ci se reprit peu à peu à vivre.

Il était jeune, il était fort. Une fois encore il était sauvé.

Enfoui dans son petit lit étroit au matelas bien mince, il s'intéressait maintenant à tout ce qui se passait autour de lui dans cette immense salle des fêtes transformée en lieu de douleur.

La matinée passait assez rapidement.

A sept heures et à neuf heures, c'était le moment des petits déjeuners. Les blessés touchaient pour chaque repas un bol de café au lait et une petite, toute petite tartine de pain noir recouverte de graisse.

Alors commençait la visite.

Le docteur, un grand, avec une immense barbe, passait rapidement, toujours pressé, escorté d'un groupe d'infirmiers, l'état-major, comme disait Many.

L'après-midi, après le déjeuner, composé d'un morceau de viande de porc et de légumes, Many jouait aux cartes avec Jacques.

A trois heures ils interrompaient leur partie pour absorber une nouvelle tasse de café accompagnée d'une troisième minuscule tartine de pain enduite de graisse.

Le soir, à six heures, on leur octroyait généreusement pour dîner une soupe au lait dont la saveur était désagréablement rehaussée par du jus de citron. C'était un peu maigre!

Après le dîner, c'était la causerie avec les voisins.

Vers huit heures et demie l'infirmier de garde faisait sa ronde, remplissait les poêles, éteignait l'électricité, puis allait s'installer dans un grand fauteuil, où il s'endormait bientôt, bercé mollement sans doute par le bruit monotone des pas de la sentinelle qui tournait autour de la salle.

Bien longtemps après l'extinction des feux, Jacques et Many bavardaient à voix basse.

Dans leur conversation revenait souvent le mot évasion.

« Dès que je serai tout à fait guéri, mon brave Many, nous songerons à reprendre notre liberté.

— Oui, mon lieutenant, car la vie, dans ce milieu boche, n'est pas très drôle. »

Un sourire de joie éclaira le visage du jeune homme le jour où le major, après l'avoir examiné minutieusement, dit aux infirmiers qui l'entouraient :

« Il est sauvé, celui-là, j'ai eu un moment bien peur. »

Le lendemain deux lettres arrivèrent qui devaient apporter aux deux camarades du bonheur pour quelques jours.

L'une était adressée au sergent Jacques Vaillant. Elle venait d'Odette. La jeune fille connaissait les idées de Jacques. Elle ne s'étonnait donc pas qu'il eût caché son grade.

L'autre était de Jeanne Many, qui annonçait à son père une heureuse nouvelle. La maman, à peu près rétablie, était en convalescence aux environs de Lyon. Odette et Blondinette avaient fait
le voyage pour aller la voir, pour apporter aux petits des gâteries,
des caresses, de bonnes paroles de consolation, pour s'inquiéter
aussi de leurs besoins.

La bonne petite fille ne tarissait pas d'éloges sur les deux gracieuses fées qui semblaient avoir amené avec elles le bonheur.

« Je n'oublierai jamais cela, dit Many en serrant la main de
Jacques.

— Je n'oublierai jamais que vous m'avez sauvé la vie en Champagne, mon vieux camarade. »

CHAPITRE X

AU CAMP ALLEMAND

1. En route pour le camp. — 2. A la baraque 1.
3. Première soirée au camp. — 4. Affreux spectacle. — 5. L'entrevue.

Par un froid matin de décembre, un peu avant la Noël, Jacques et Many quittent l'hôpital de Hofjæger pour être dirigés, avec quelques autres blessés, sur le camp d'Alten-Grabow.

Jacques, presque complètement rétabli, a demandé à partir. Il a hâte de retrouver son père adoptif.

Le groupe des prisonniers se rend à pied à la gare de Magdebourg. Ils vont lentement, car il y a parmi eux des invalides, et le pavé, couvert de neige fondue, est très glissant.

« *Franzosen! Franzosen!* » murmurent les gens qu'ils croisent et qui s'arrêtent pour contempler le pénible défilé.

Les voici sur les quais de la gare où ils étaient venus échouer deux mois plus tôt.

Deux heures après leur départ, ils débarquent à Alten-Grabow.

Ils suivent tout d'abord une longue route que bordent de chaque côté des écuries, des remises, des bureaux.

Ils voient des prisonniers de toutes nationalités qui travaillent dans les bâtiments ou sur les chemins. Les malheureux, dont le visage est hâlé et amaigri, s'arrêtent un instant dans leur besogne, et regardent, silencieux, les arrivants, nouveaux compagnons de misère et d'esclavage.

Ici ce sont des Russes faméliques, à la figure résignée, qui réparent des égouts. Plus loin, des Français, aux vêtements usés et rapiécés, tirent en chantonnant, éternels rieurs, de lourdes voitures chargées jusqu'au faîte; ils sont là une vingtaine, attelés comme des bêtes de somme. Des Anglais, toujours calmes et froids, grelottant sous leur mince vareuse, sont occupés à frayer un chemin au milieu de la neige qui couvre le sol d'une couche épaisse.

Des soldats allemands surveillent les travailleurs. Le calot profondément enfoncé sur la tête, le col de leur capote relevée, les mains abritées contre le froid par des gants épais, les pieds protégés de l'humidité par leurs grosses bottes, ils vont et viennent, silhouettes massives et grotesques.

Un arrêt de quelques minutes à la Kommandantur, bureau de l'administration du camp.

Les nouveaux venus ont donné leur nom, leur âge, leur grade et leur adresse en France.

Ils continuent alors leur chemin, prennent une route à gauche, traversent un chemin de ronde limité de chaque côté par un triple rang de fils de fer et gardé par des sentinelles postées tous les vingt ou trente mètres.

Un peu plus loin, ils rencontreront un autre chemin semblable.

Le camp paraît bien gardé, et il doit être très difficile de s'évader.

« Canon! » dit triomphalement un soldat qui les accompagne, en leur montrant un monticule sur lequel s'allonge un 77, la gueule tournée vers le camp.

Un sergent français s'est approché des arrivants.

« Tout autour du camp, leur explique-t-il, sont installés des canons et des mitrailleuses dont les Allemands feraient un usage impitoyable pour réprimer toute tentative de révolte. Nous avons assisté à quelques exercices d'alertes. En quelques minutes, sur le signal d'alarme donné par un clairon à la voix grêle, tout un cordon de troupes enserre le camp. Au tir de ces engins meurtriers que vous voyez viendrait donc s'ajouter le tir de centaines de fusils.

— Comment est-on traité ici? demande Jacques.

— La discipline est très dure, la nourriture infecte, le couchage défectueux. »

Le jeune officier s'est penché. A voix basse, il interroge.

« Connaissez-vous un prisonnier civil du nom de Gaspard?

— L'ingénieur?

— Oui.

— Il est là-bas, enfermé tout seul dans une baraque, près du poste des mitrailleurs.

— Qu'a-t-il fait pour cela?

— Il a refusé de travailler dans les mines. Il a tenu tête aux autorités du camp. C'est un brave homme et un homme brave.

— Est-il bien malheureux?

— Je le vois quelquefois. N'ayant pas l'espoir de partir d'ici avant la fin de la guerre, il se résigne et s'arme de courage.

— Peut-il sortir?

— Oui, quelques heures par jour. Cette faveur ne lui est souvent accordée que selon le bon vouloir du chef de poste.

— Me sera-t-il possible de causer avec lui?

— Difficilement.

— Je voudrais cependant le voir. Il le faut.

— Vous le connaissez donc?

— C'est mon père adoptif.

— Je comprends votre désir, mon pauvre ami... A quelle baraque êtes-vous donc affecté?

— A la baraque 1.

— J'irai vous rendre visite. Je vais tenter de vous faire conduire auprès de lui avec une corvée de nettoyage.

— Je vous remercie beaucoup, sergent... Votre nom, s'il vous plaît?

— Sergent Roger. Et vous?

— Sergent Jacques Vaillant... »

*
* *

Les prisonniers ont franchi la deuxième enceinte et se sont arrêtés devant la baraque 1.

C'est un bâtiment tout noir, long d'une cinquantaine de mètres, large d'une vingtaine, percé de dix fenêtres étroites et assez haut perchées. Sous le ciel gris, tout chargé de neige, il apparaît affreusement triste, semblable à une lugubre prison.

De nombreux prisonniers entourent les nouveaux venus. Par ceux-ci ils espèrent avoir des nouvelles fraîches et sûres de là-bas, de cette France si lointaine où sont toutes leurs affections.

Jacques et ses compagnons ont pénétré dans leur nouvelle demeure. Ils suivent le couloir central et arrivent à une cloison qui partage la baraque en deux parties. Une partie se divise en dix vastes chambres, cinq de chaque côté du couloir, éclairées chacune par une fenêtre. Dans chaque compartiment il y a une quinzaine de paillasses, sept ou huit de chaque côté, pliées en deux pour le moment.

Lorsqu'elles sont étendues, le soir, il reste, entre les deux rangées, un passage étroit qu'utilisent les prisonniers pour regagner leur place. On s'empêtre alors dans les couvertures, les souliers, les vêtements, on écrase les pieds de ceux qui sont déjà couchés.

Le parquet est humide et boueux. On prend bien la précaution de secouer fortement ses souliers ou ses sabots, on rapporte cependant toujours avec soi un peu de neige qui fond, un peu de la boue épaisse et noirâtre dans laquelle on patauge au dehors.

Les arrivants ont pénétré dans la deuxième moitié de la baraque.

« Premier compartiment, près de l'entrée, c'est là votre place, » dit l'adjudant français qui les guide.

L'installation est vite faite. A un clou au mur on suspend sa musette, son modeste bagage.

Chacun reçoit un plat en fer et une cuiller pour manger, une serviette pour se débarbouiller. Avec la paillasse et trois couvertures, cela constitue tout le mobilier de ces malheureux. On leur donne en outre une plaque de zinc dans laquelle, à l'emporte-pièce, a été marqué un numéro d'ordre. C'est leur fiche de forçat, qu'ils doivent coudre sur leur capote.

La baraque est pleine de Belges, de Russes, d'Anglais, de Français, car ici tous les prisonniers sont mêlés. C'est l'heure du repas, et tous ces pauvres gens, revenus à l'instant d'une corvée lointaine

et exténuante, attendent avec impatience la distribution d'une
maigre pitance qui les empêchera de mourir de faim.

« Allez chercher notre déjeuner, Many, pendant que je vais
déballer nos affaires, qui risquent d'être un peu froissées tant nous
les avons tassées.

— Oui, mon lieut... »

Many, sur un regard plein d'affectueux reproche de son chef,
s'est arrêté.

« Oui, sergent, » reprend-il...

Quelques minutes plus tard, le brave garçon revient, rapportant
la soupe.

Oh! l'horrible mélange! C'est un bouillon noirâtre au-dessus
duquel nagent quelques yeux, et dont toute la partie solide consiste
en une cuillerée de haricots aussi durs que du bois.

« Et la viande? hasarde Jacques.

— La viande, lui répond un Français qui lui fait vis-à-vis, nous
n'en connaissons pas la couleur. Heureux ceux qui peuvent, par
hasard, en recueillir quelques débris aussi gros que des pois!

— Et le pain?

— Nous en touchons deux cents grammes par jour. Tenez, on
nous l'apporte. »

On distribue en effet aux prisonniers leur ration journalière de
pain KK, merveilleux produit de la science allemande, un épouvantable mélange de farine de seigle, de pommes de terre, de son
et d'autres produits sans nom. La mie est molle, gluante, d'un gris
sale; c'est un véritable mastic. La croûte, marron foncé, est peu
appétissante.

Jacques contemple, l'air navré, la maigre portion qu'on vient de
lui accorder si parcimonieusement.

« Ménagez votre pain, recommande le voisin, et ne mangez pas
tout en une seule fois. Vous n'en toucherez plus que demain à midi. »

Jacques et Many suivent le conseil qui leur est donné et font
gravement trois parts du minuscule morceau de pain.

En quelques bouchées ils ont dévoré l'une.

C'est fade, lourd, difficile à avaler.

Ils ont faim cependant et sont sur le point de faire disparaître
ce qui leur reste.

Prudemment ils se rabattent sur la soupe.

Jacques a grimacé en avalant le pain KK. Il fait une grimace plus horrible encore en s'attaquant au bouillon.

« Je ne peux pas continuer, » avoue-t-il, après avoir goûté quelques cuillerées.

Many, lui aussi, a repoussé son plat.

Des Russes, aux aguets, se sont précipités vers eux. Par signes ils font comprendre qu'ils voudraient bien emporter ces restes, précieux pour eux. L'autorisation leur en est facilement accordée.

« Peut-on manger des choses pareilles! murmure Jacques.

— Il le faut bien, sergent, quand on n'a rien d'autre. Nous, les Français, nous recevons en général quelque supplément de chez nous, mais les Russes, ces pauvres bougres auxquels on n'envoie ni argent ni colis, sont bien heureux de dévorer tout ce qu'ils trouvent. Vous en verrez qui ramassent dans les ordures des têtes de harengs, des épluchures de toutes sortes, des croûtes de pain dures et moisies. Nous leur donnons bien de temps en temps quelque chose, mais malheureusement ils sont trop, et nous recevons juste assez pour nous. Là-bas, la femme et les enfants se privent déjà beaucoup pour que nous ne manquions de rien... Voulez-vous me permettre de vous offrir un peu de saucisson, sergent?

— Merci, mon brave. Nous allons acheter quelque nourriture à la cantine.

— On pouvait autrefois s'y procurer beaucoup de choses. Il n'y a plus rien aujourd'hui. Peut-être parviendrez-vous à dénicher un peu de pâté ou de fromage. En tout cas je puis partager avec vous.

— J'accepterai votre offre si nous revenons bredouilles. »

Bientôt Jacques et Many sont de retour. Ils rapportent deux harengs salés.

Les harengs dépecés, nettoyés, les deux affamés font disparaître avec le peu qu'ils ont pu en retirer les deux morceaux de pain mis en réserve.

« Si j'avais pu prévoir un tel régime, dit Jacques à Many, nous aurions rapporté quelques provisions de l'hôpital. Je vais écrire en France qu'on nous ravitaille. Nous risquons autrement de mourir bientôt d'inanition. »

Carottes fourragères, son, orge, betteraves, rhubarbe, orties ou

10

chardons cuits, infusion préparée avec des glands grillés et dénommée pompeusement café, telle allait être leur alimentation quotidienne.

*
* *

Après le déjeuner, le sergent Roger est venu trouver Jacques.

« Si vous désirez prévenir les vôtres, lui a-t-il dit, écrivez aujourd'hui, voici une carte. Je la ferai partir ce soir même, et elle arrivera dans quelques jours.

— Je vous remercie beaucoup... Pourrai-je voir M. Gaspard?

— Demain.

— Vous êtes un bon camarade.

— Nous devons nous entr'aider les uns les autres. La solidarité est une vertu nécessaire ici. N'êtes-vous pas d'ailleurs un proche parent de M. l'ingénieur que tous nous aimons et estimons? Ce titre vous donne droit à toute notre sympathie... Je vous quitte, il est l'heure que je me rende au bureau du 1er bataillon où je travaille. »

Jacques et Many ont abandonné la baraque et se sont approchés des fils de fer. Ils regardent, anxieux, du côté du poste aux mitrailleuses.

Pauvre Jacques! Il reste là, bien longtemps, espérant apercevoir l'ingénieur. Celui-ci ne se montre pas.

Alors, comme des âmes en peine, ils errent dans la partie du camp où ils ont le droit de circuler.

A perte de vue, sur un plateau en pente douce, on aperçoit des baraques semblables à celle qu'ils habitent. Il y en a une centaine, qui toutes ont été construites par les prisonniers eux-mêmes.

Le vent souffle en rafales froides et la neige tournoie en tourbillons aveuglants. Les promeneurs se décident à regagner leur domicile.

D'ailleurs la nuit est venue, et il va leur falloir répondre à l'appel qui se fait trois fois par jour.

En attendant le repas du soir, servi à six heures, Jacques songe, assis sur le bord de sa paillasse.

Il revit son passé, il est emporté là-bas, bien loin, bien loin, près des siens si chers. Il pense aux disparus, aux bons compagnons de lutte que la mort a fauchés. Il s'épouvante du présent.

L'avenir est plus rassurant sans doute. Les larmes qui ont un instant mouillé ses yeux ont séché, et un sourire éclaire son visage si sombre tout à l'heure.

Jacques est arraché à sa rêverie par le spectacle bizarre qu'offre la baraque à cette heure où tous sont rentrés.

Des joueurs sont assis sur des tabourets rustiques devant une table boiteuse faite de quelques planches disjointes et de pieux mal équarris. Ils se disputent, frappent du poing.

D'autres prisonniers raccommodent leurs effets ou fabriquent des ustensiles de ménage.

Quelques-uns, allongés sur leur paillasse, demandent au sommeil le repos réparateur ou l'oubli.

Le repas est fini. Les heures se traînent, longues, démesurément longues, jusqu'au moment où tout bruit cessera dans la baraque.

Enveloppés dans leurs couvertures, serrés les uns contre les autres pour ne pas avoir froid, les habitants se seront endormis.

Jacques et Many, logés dans un coin, près du mur, ont arrangé leur lit; sur la paillasse ils ont posé une couverture qui servira de drap. Leur pantalon plié fera un oreiller peu moelleux, mais suffisant. Ils étendent sur eux les cinq couvertures qui leur restent, puis, par dessus, pour border, ils placent leur capote.

Malgré cela ils ont froid.

Entre les planches de la baraque il y a des fentes assez larges qui laissent passer un courant d'air glacial, et aujourd'hui les poêles n'ont pas marché. On ne les allume que deux fois par semaine.

Jacques se retourne de tous les côtés. Il ne peut parvenir à s'endormir.

« Vous avez eu tort, mon lieutenant, lui dit Many à voix basse, de ne pas dévoiler votre vraie situation. Vous seriez dans un camp d'officiers ou dans une citadelle, et vous n'auriez pas de peine à être moins mal qu'ici.

— Il nous sera plus facile, je crois, de songer à nous évader de cette prison; car je veux fuir; je ne pourrai supporter longtemps cette vie pénible, monotone, inactive.

— Nous partirons bientôt, mon lieutenant.

— Je l'espère bien, mon vieux camarade. »

*
* *

De bonne heure, les prisonniers sont debout.

La paillasse est pliée, un coup de balai est donné à la hâte.

On se lave à grande eau, puis on avale rapidement le café du matin, liquide noirâtre dont le seul mérite est d'être chaud.

Maintenant en route pour la corvée.

La baraque est vide. Jacques et son compagnon retournent aux fils de fer.

Pas plus que la veille ils n'ont la chance d'apercevoir l'ingénieur.

En regagnant leur maison ils croisent des malheureux qui se rendent au travail. A peine vêtus, des souliers percés aux pieds, ceux-ci frissonnent sous l'âpre bise d'hiver.

Ils se rendent à la corvée, l'estomac vide.

Comment, par quel miracle, peuvent-ils supporter la fatigue ?

Combien de pauvres prisonniers, privés de tout secours, sont morts de faiblesse ou, proie facile, ont été terrassés par la tuberculose, par des fièvres épidémiques !

Ils dorment aujourd'hui leur dernier sommeil dans le petit cimetière du camp, sombre clairière au milieu des bois où nul ne viendra pleurer sur leur tombe, ni l'embellir.

Combien reviendront, après la guerre, usés par les privations autant que par le chagrin !

Jacques vient de s'arrêter brusquement. Il a saisi le bras de son compagnon.

« Many, regardez cet effroyable spectacle. »

Un Français est attaché à un poteau, près d'une baraque.

Sa figure et ses mains sont violacées. Il tremble de tous ses membres. Sa tête vacille. La neige qui tombe à gros flocons lui fouette le visage, le couvre d'une ouate blanche semblable à un linceul.

Près de lui se tient un sous-officier allemand qui ricane en regar-

Illustration supprimée par la Censure.

dant sa victime. La brute écarte tous ceux qui s'approchent pour consoler le martyr.

« Les lâches ! les lâches ! » crie Jacques hors de lui.

Une main s'est posée sur son épaule.

« Taisez-vous, malheureux. Si vous continuez, on va s'emparer de vous et l'on vous attachera à votre tour. »

Le jeune officier s'est retourné. Il a reconnu le sergent Roger.

« Qu'a donc fait ce misérable pour être soumis à une telle torture ?

— Hier au soir il a fumé dans la baraque.

— Et c'est pour cette peccadille qu'on le soumet à un traitement plein d'ignominie et de danger ?

— Il n'est pas le seul. Voyez cet Anglais soumis à la même peine. Il est arrivé en retard à l'appel du soir. Ce Russe, à côté de lui, s'est levé ce matin après l'heure. Le poteau pendant deux ou quatre heures, quel que soit le temps, le cachot pour quelques jours, avec le régime du pain ou de l'eau, sont de règle courante ici pour punir des fautes légères.

— Quelle honte !

— Ils sont les maîtres.

— Il faudrait fuir, se révolter.

— Quelques-uns ont tenté de s'évader, de regimber. Ils ont été tués par des balles allemandes ou sont enfouis dans les casemates humides d'une citadelle. Le mieux est de nous résigner... Éloignons-nous un peu, le sous-officier allemand nous regarde, les yeux méchants, et il est imprudent d'exciter la colère de ces brutes.

« Dites-vous bien, continue le sergent Roger, que nous ne sommes pas les plus malheureux. Un de mes bons camarades, que je vous présenterai, revient d'un camp de représailles où il a passé plusieurs mois. Là, le traitement infligé aux prisonniers est horrible. Il dépasse en cruauté tout ce que l'on peut imaginer.

« Pour toute nourriture les malheureux ont un morceau de pain par jour et une soupe tous les quatre jours. Ajoutez à cela qu'ils sont astreints à un travail pénible dans la mine ou les marais.

« Ils couchent sur le sol humide, sans paillasse, sans couverture.

« Des peines cruelles sont réservées aux récalcitrants. Des Français, des braves, ont refusé d'aller travailler dans des usines de munitions : on les a mis pendant quinze jours dans des salles surchauffées où les sentinelles ne pouvaient rester qu'un quart d'heure.

« D'autres misérables, punis pour les mêmes raisons, sont restés au garde à vous pendant vingt-quatre heures avec un lourd sac de sable sur les épaules. Chaque fois que, vaincus par la fatigue, ils s'affaissaient, on les frappait sans pitié. On les a ensuite plongés dans l'eau froide pendant sept heures.

— C'est affreux !

— Je pourrais vous citer encore d'autres horreurs pour vous prouver que la vie au camp d'Alten-Grabow est relativement supportable. »

Jacques, Many et le sergent Roger reviennent lentement vers la baraque. Ils sont seuls. Personne ne peut les entendre.

« J'ai pu causer avec l'ingénieur, dit brusquement le sergent à Jacques. Vous allez le voir.

— Je vais le voir !

— Oui, mon lieutenant.

— Qui vous a dit ?...

— M. Gaspard. Il ignorait que vous aviez caché votre grade. Soyez sans crainte, votre secret sera bien gardé.

— Je vais le voir ! » murmure Jacques, les yeux brillants de joie.

Le jeune homme ne tient plus en place. Pourra-t-il résister au désir de se jeter dans les bras de l'ingénieur ?

Le sergent Roger le rappelle à la prudence.

« Surtout, mon lieutenant, lui dit-il, n'oubliez pas que M. Gaspard est étroitement surveillé, que l'on épie ses moindres faits et gestes. J'ai prévenu le chef de baraque que vous partiez avec cinq hommes pour une corvée. Avec le camarade Many, cela fait six. Faites nettoyer les abords du poste aux mitrailleuses. Dites ensuite que vous avez reçu l'ordre de balayer et de laver à l'intérieur. Au revoir, et bonne chance. »

Les six hommes de corvée, surveillés par le jeune officier, sont occupés à enlever la neige qui s'est amoncelée autour de la baraque aux mitrailleuses.

Les soldats allemands se tiennent derrière la porte, fumant de grosses pipes.

Ils regardent les Français travailler.

Rapidement, Jacques jette à l'intérieur un regard anxieux. Il ne voit rien.

Le nettoyage extérieur est sur le point d'être terminé. Le jeune homme se décide à entrer. Il s'adresse au sous-officier de garde qui joue au cartes.

« J'ai reçu l'ordre de nettoyer toute la baraque, dit-il en allemand.

— Vous parlez allemand? demande le sous-officier, curieux.

— Un peu.

— Qui a donné l'ordre?

— Un adjudant. »

Jacques oublie volontairement de dire que c'est un adjudant français.

« Faites sortir le prisonnier, ordonne le sous-officier. Schüler l'accompagnera. »

Jacques respire enfin. Il a réussi.

Quelques minutes s'écoulent, qui paraissent au jeune homme un siècle.

M. Gaspard apparaît dans l'encadrement de la porte. Sa figure est un peu pâle, ses joues sont amaigries. Le regard est toujours aussi énergique, la prestance toujours aussi noble.

Il a vu Jacques. Il s'arrête, se raidit.

« Allons, dehors ! » hurle le sous-officier.

Jacques est sur le point de sauter à la gorge de cette brute. Il se maîtrise.

Il sort, appelle trois hommes et leur donne des ordres.

L'ingénieur, escorté de la sentinelle, le soldat Schüler, se promène dans l'espace nettoyé.

« Many, dit Jacques, occupez la sentinelle en causant avec lui par signes. Utilisez tout ce que vous savez d'allemand.

— Compris. »

Jacques s'est placé à la gauche de l'ingénieur.

Il paraît s'occuper des deux soldats qui mettent la neige en tas.

Many tape familièrement sur le bras de la sentinelle qui est à la droite de M. Gaspard.

Il montre la neige, la hauteur. Il fait appel aux quelques mots d'allemand qu'il a appris avec son lieutenant pendant son séjour à l'hôpital.

« France, pas de neige, dit-il.

— Allemagne beaucoup, toujours beaucoup.

— Et froid, grand froid ici.

— Grand froid. »

Alors l'Allemand change le sujet de la conversation.

« Marié? demande-t-il.

— Oui.

— Des enfants?

— Trois.

— Malheur la guerre!

— Grand malheur pour tous! »

Jacques a mis à profit cette minute d'inattention de la sentinelle pour causer avec M. Gaspard.

« Monsieur l'ingénieur, je voudrais vous embrasser.

— Moi aussi, Jacques. Ta présence me bouleverse. Je te savais à Magdebourg. Je ne t'attendais cependant pas ici, Alten-Grabow n'étant pas un camp d'officiers. »

Rapidement le jeune homme donne des explications, donne des nouvelles.

Puis il aborde le sujet qui lui tient tant au cœur.

« Il faut songer à nous évader, monsieur l'ingénieur.

— Impossible.

— Acceptez d'aller surveiller les travaux dans une mine. Demandez à ce que les quelques mineurs qui sont ici vous accompagnent. Ainsi je partirai avec vous.

— Céder à ces gens-là! jamais!

— C'est notre seule chance de salut, monsieur l'ingénieur. C'est l'espoir de revoir la France, de retrouver maman Gaspard, Odette et Blondinette. C'est pour moi la perspective rêvée de retourner au feu. »

M. Gaspard a réfléchi un instant.

« Je vais le demander, Jacques, » décide-t-il.

Le jeune homme a jeté un coup d'œil autour de lui. Oubliant les recommandations du sergent Roger, il saisit la main de l'ingénieur et la serre doucement.

« Merci pour elles, merci pour moi, » murmure-t-il.

CHAPITRE XI

L'ÉVASION

**1. Chez de vieux exilés. — 2. Le départ pour la mine.
3. Préparatifs d'évasion. — 4. La fuite.**

Le soir même de cette entrevue si désirée par l'ingénieur et Jacques, et si émouvante cependant pour eux, le jeune officier, accompagné de son fidèle Many, se rend à la baraque 5, dans laquelle demeure le sergent Roger.

Celui-ci, espérant distraire les nouveaux venus, les a invités à dîner tous les deux. Le menu est copieux et varié : sardines, jambonneau, pâté de foie, haricots, gâteaux, fromage, pain. Tous ces produits viennent de France.

Le sergent Roger, qui fait popote avec trois autres camarades, a présenté Jacques et Many comme étant des amis de l'ingénieur. Cela seul a suffi pour valoir aux invités un accueil chaleureusement aimable.

« Vous pouvez constater par vous-même, sergent Vaillant, que nous ne sommes pas les plus malheureux du camp. Grâce aux nombreux colis que nous envoient nos parents et nos amis, nous pouvons vivre assez largement. Vous aussi, vous recevrez bientôt des envois de France, et la vie ici vous paraîtra alors à peu près supportable, comme je vous le disais ce matin.

— Ce jour-là, sergent Roger, je vous rendrai le repas auquel vous nous avez gracieusement conviés, et nous jouerons, comme aujourd'hui, à la dînette.

— C'est un jeu qui nous est malheureusement dicté par la plus cruelle nécessité. Il nous aide d'ailleurs un peu à passer le temps. Dès que les colis arrivent, nous les déballons et, heureux comme des enfants, nous nous extasions devant toutes les bonnes choses qu'ils renferment. Nous versons souvent une larme en pensant à ceux qui les ont préparés. Parfois un bouquet de fleurs fanées, mais qui gardent encore un parfum de là-bas, est caché dans un coin. Nous le couvrons de baisers et nous le gardons précieusement dans notre armoire.

— Votre armoire?

— C'est vrai, vous n'avez pas encore eu le loisir d'examiner en détail tout notre mobilier.

« Cette caisse, accrochée au mur, c'est le buffet aux provisions; cette autre, c'est l'armoire au linge; cette troisième, c'est le placard aux ustensiles. »

Jacques s'est levé pour examiner de plus près tous ces meubles si simples dus à l'ingéniosité la plus féconde.

« Nous sommes de vieux exilés, sergent Vaillant, et dès le début de notre captivité, ayant compris que notre séjour ici serait peut-être un peu long, nous nous sommes arrangés pour avoir une demeure, sinon luxueuse, du moins passablement confortable.

— J'avais admiré déjà votre table, vos tabourets et surtout votre lit.

— Notre lit! Vous êtes trop indulgent. Cette longue caisse étroite, faite de quatre planches et montée sur quatre pieds, nous aurait paru autrefois plus que rustique. Telle qu'elle est, elle nous plaît. Nos paillasses et nos couvertures ne traînent pas à terre, et nous n'avons pas, la nuit, la sensation désagréable des souris trottant sur notre figure.

— Mais vous avez des draps, je crois bien?

— Nous les avons confectionnés avec les toiles d'emballage de nos colis.

— Et tous ces ustensiles, plats, casseroles, poêles, où vous les êtes-vous procurés?

— Ils sont l'ouvrage de l'un d'entre nous, qui les a fabriqués avec des boîtes de conserves vides. Rien ne se perd ici. Admirez ce filtre élégant, ce fourneau à alcool, objets grâce auxquels nous allons pouvoir vous offrir un délicieux café ; ils sont sortis des mains de notre voisin, un ouvrier habile.

— Et cette autre caisse, dans le coin, à quoi sert-elle?

— C'est la bibliothèque. Elle renferme les quelques livres de prédilection que nous avons reçus de chez nous, et nos lettres, ces chères bonnes lettres, le seul lien qui nous unisse encore aux nôtres, l'unique réconfort dont nous attendons l'arrivée avec tant d'impatience.

« Bien souvent nous les sortons dévotement de leur petite boîte et, sans honte, nous pleurons en les relisant. Alors c'est l'heure de l'ennui profond, du mal du pays, c'est l'heure du cafard.

— Je l'ai connu, cet ennui... sur le front français... à Gallipoli... à l'hôpital allemand. Ici, il doit vous prendre bien souvent.

— Pour le chasser, nous avons heureusement quelques distractions. Les intellectuels qui sont au camp ont organisé des conférences instructives et récréatives, des cours de toutes sortes. Nous avons même des théâtres où jouent des artistes amateurs ou professionnels.

— Où cela?

— Dans des baraques vides que le commandant du camp nous a abandonnées moyennant une certaine rétribution mensuelle.

— Ces gens-là ne perdront jamais l'occasion de faire du commerce.

— C'est grâce à leur cupidité, monsieur Vaillant, que nos camarades ont pu se procurer des instruments pour les orchestres, des décors pour les théâtres. C'est grâce à elle que nous avons pu, pendant longtemps, acheter au dehors à peu près tout ce qui nous était nécessaire.

— Mais aujourd'hui?

— Aujourd'hui, c'est la misère pour eux, la disette, presque la famine.

« Des sentinelles ne nous ont-elles pas déjà suppliés de leur vendre nos colis?

« En bavardant j'oublie l'heure. Hâtez-vous de boire votre café. Dans quelques instants nous nous rendrons à la baraque 17 pour assister à une causerie sur Molière, suivie de l'interprétation de quelques scènes du *Malade imaginaire* et du *Médecin malgré lui*. Nous oublierons, durant quelques heures, que nous sommes des prisonniers. »

Une semaine ne s'est pas écoulée que Jacques a revu M. Gaspard.

« J'ai demandé à parler au commandant, dit celui-ci, j'attends sa réponse. »

Elle devait tarder à venir.

Un jour cependant on se décide à conduire l'ingénieur au bureau de la kommandantur.

Le colonel allemand, sanglé dans sa longue redingote, le monocle vissé dans l'œil, contemple un instant, un sourire moqueur aux lèvres, celui qu'il tient sous sa domination.

« Que me voulez-vous? dit-il brusquement.

— Je me suis décidé à accepter la proposition que vous m'aviez faite d'aller surveiller les travaux d'une mine.

— Ah! ah! monsieur le récalcitrant, monsieur le Français têtu, vous voilà enfin dompté. »

Sans paraître prêter attention aux sarcasmes de son interlocuteur, M. Gaspard continue :

« Je mets cependant une condition à cette acceptation. Je connais ici quelques mineurs qui ont travaillé sous mes ordres autrefois. Je désirerais qu'ils partent en même temps que moi. »

Enchanté du résultat obtenu, l'officier allemand ne cherche pas à approfondir les raisons pour lesquelles l'ingénieur s'est décidé, après plusieurs mois de silence, à changer brusquement d'avis. Aveuglé par son orgueil démesuré, il ne voit, dans cette soudaine détermination, que la conséquence des procédés qu'il a employés vis-à-vis de l'ingénieur, de la manière forte dont il a usé.

Espérant glaner quelque compliment de ses supérieurs, il se hâte de prévenir ceux-ci.

Vers la mi-janvier, sous bonne escorte, neuf travailleurs, parmi lesquels se trouvaient Jacques et Many, quittaient Alten-Grabow, accompagnant M. Gaspard.

Dans le wagon de troisième classe où ils sont installés, Jacques a pris place à côté de l'ingénieur.

Celui-ci, ayant cédé aux ordres allemands, n'est plus soumis au régime de l'isolement. Les gardiens qui connaissent son titre, et chez eux le titre a une valeur extraordinaire, se montrent, au contraire, empressés autour de lui.

« Je viens, dit Jacques à voix basse, de recevoir une carte d'Odette. C'est la première qui m'arrive au camp.

— Que te dit ma fille ?

— Elle me parle de vous. Elle est heureuse de savoir que nous sommes ensemble. Je vais d'ailleurs vous lire ce qu'elle m'écrit. »

Jacques a tiré de sa poche une carte toute froissée, toute salie par un long voyage.

Il lit, et sa voix tremble, un peu voilée par l'émotion.

Bien grand cher ami,

Nous avons enfin reçu votre première carte expédiée du camp d'Alten-Grabow. Pendant plus d'un mois nous étions restés sans nouvelles de vous, et nous tremblions d'apprendre qu'il ne vous fût arrivé malheur. Vous avez retrouvé, dites-vous, un vieux compagnon que vous n'aviez pas vu depuis bien des mois. Nous comprenons votre trouble et votre joie. Oserais-je vous dire que, dans votre malheur, vous avez une chance que nous vous envions ? Votre projet, pour plus tard, nous bouleverse tous ici, et cependant nous n'avons pas le droit de nous y opposer. Il s'agit du devoir, et ce mot-là, grand ami, vous m'avez appris à le respecter. Georges a quitté l'hôpital depuis quinze jours. Lui aussi veut faire une folie. Il est élève-pilote. Que de larmes vous nous coûtez tous les deux ! Baisers de toutes ici.

Votre petite ODETTE.

La lecture de la carte s'est terminée dans un sanglot.

« Jacques !

Ils enfoncent jusqu'à la cheville dans la terre grasse des champs.

— Monsieur l'ingénieur!

— Tu leur avais donc fait part de tes projets d'évasion?

— Oui, monsieur l'ingénieur, à mots couverts.

— C'était imprudent et inutile. Savons-nous si, là où l'on nous conduit, nous pourrons trouver une occasion favorable. Pense à toutes les inquiétudes de maman Gaspard, de Blondinette et d'Odette. »

Jacques a baissé le nez. Il comprend que M. Gaspard a raison.

« Savez-vous où nous allons, monsieur l'ingénieur? dit-il après un moment de silence.

— Nous avons traversé Hanovre. Nous empruntons donc la ligne Berlin-Cologne et nous nous dirigeons vers l'ouest. D'après ce qui m'a été dit à la kommandantur, d'après les renseignements que j'ai pu tirer des soldats qui nous accompagnent, nous devons être en route pour Essen, le grand centre minier et métallurgique situé dans le bassin houiller de la Ruhr.

— Nous ne serons qu'à une soixantaine de kilomètres de la Hollande. Notre fuite sera un jeu d'enfant.

— Il y a la surveillance des gardiens à déjouer, Jacques, il y a surtout la frontière à passer. Des soldats la gardent, et les Allemands ont installé, pour barrer la route aux évadés, et aussi à leurs déserteurs, tout un réseau de fils de fer que parcourt un fort courant électrique.

— Nous la franchirons, monsieur l'ingénieur.

— Je le souhaite, mon cher petit. »

M. Gaspard ne s'était pas trompé dans ses prévisions.

Le surlendemain du départ, les voyageurs débarquaient à Essen, ville située sur la Berne, un affluent de la Ruhr, elle-même affluent du Rhin. Cette agglomération n'est qu'une vaste usine qui doit son importance à sa situation géographique. Placée à quelques kilomètres de la Ruhr, à peu de distance du Rhin et du croisement de trois importantes lignes de chemins de fer, elle est devenue la première ville industrielle de l'Allemagne, grâce à l'initiative de Krupp, un grand fondeur.

De là sont sortis les canons qui nous ont vaincus en 1870. De là sortent les engins monstrueux qui bombardent aujourd'hui nos villes martyres du Nord et de l'Est.

L'arrivée s'est effectuée à la nuit noire. M. Gaspard et Jacques n'ont donc pas eu le loisir de se rendre compte exactement de la topographie des lieux.

Avant de gagner la baraque qui leur est assignée comme demeure, ils ont cependant remarqué qu'ils traversaient une route, puis une voie ferrée. Ils ont aperçu le chevalement d'un puits de mine dressant dans le ciel sombre ses bras tout noirs.

On leur a servi une soupe aussi peu appétissante que celle du camp.

Le repas terminé, les voyageurs, fatigués par les deux jours passés en chemin de fer, se sont allongés sur la paillasse qui leur servira de lit.

M. Gaspard et Jacques ne dorment pas.

Pour la première fois ils peuvent se parler sans contrainte.

« Monsieur l'ingénieur, je voudrais vous embrasser, dit le jeune homme tout ému.

— Jacques, mon cher petit! »

Les deux hommes se sont étreints longuement.

Deux jours plus tard le plan d'évasion est préparé. Il ne reste plus qu'à le mettre à exécution.

L'ingénieur et Jacques ont étudié le terrain par la fenêtre de la baraque.

Celle-ci donne d'un côté sur une vaste cour au milieu de laquelle s'élèvent les bâtiments de la mine. De l'autre elle est bordée par une voie ferrée qui sert au transport du charbon. Une palissade, puis la route, puis la rivière; au delà s'étendent les champs, à perte de vue.

« La Berne a peu de profondeur d'eau.. En tous cas nous pouvons la traverser à la nage ou utiliser le pont que j'aperçois à quelque cent mètres d'ici. Comment arriver jusque-là? S'échapper par la porte? Il n'y faut pas songer, il y a des sentinelles tout autour.

— Il faudrait, monsieur l'ingénieur, creuser un boyau souterrain partant d'ici et aboutissant à la berge qui paraît avoir trois ou quatre mètres de hauteur.

— Tu as raison, Jacques. Nous enlèverons deux planches du parquet et nous creuserons à un mètre ou deux de profondeur. Notre boyau aura une vingtaine de mètres. Pour le consolider nous remonterons chaque soir de la mine quelques étais. Le terrain me paraît friable. Avec une pelle à main nous pourrons, je pense, creuser facilement. »

Après le dîner, M. Gaspard a expliqué aux ouvriers mineurs ce que Jacques et lui avaient décidé.

« Qui veut partir avec nous? a-t-il demandé pour finir.

— Nous partirons tous, monsieur l'ingénieur, a répondu un porion, compagnon de captivité de l'ingénieur depuis le début. En août 1914 vous n'avez pas voulu nous abandonner. En Allemagne, vous n'avez pas accepté non plus de nous quitter. Nous vous suivrons. Je savais bien qu'en vous décidant à vous soumettre à leurs exigences vous aviez une idée en tête. Je l'avais dit aux camarades. Mettons-nous immédiatement à l'œuvre, monsieur l'ingénieur. »

Chaque nuit, se relayant à tour de rôle, les prisonniers travaillent dans l'étroit boyau. La terre extraite est jetée par la fenêtre, éparpillée au vent. Le 27 janvier, jour de la fête de l'empereur, le couloir souterrain, bien consolidé par des étais, est à peu près terminé. Il ne reste plus à percer que quelques centimètres pour atteindre la berge de la Berne.

« Le départ est fixé à neuf heures, après la ronde, a décidé M. Gaspard. Notre fuite ne risque pas d'être découverte avant demain matin. Ces messieurs auront assez à faire ce soir sans avoir à s'occuper de nos modestes personnes. Ils vont pousser des hoch, boire et s'enivrer en l'honneur du kaiser. »

Les paillasses sont allongées et les couvertures arrangées. Si quelque indiscret s'avisait de jeter un coup d'œil par la porte, il ne pourrait douter que les dix mineurs ne reposent bien tranquillement.

Les deux planches sont enlevées.

Les évadés disparaissent un à un par le trou béant au fond

duquel tremblote la lumière de la lampe électrique de l'ingénieur, qui ouvre la marche.

Jacques descend le dernier.

Il laisse retomber les planches, sur lesquelles une paillasse a été attachée.

« Quelle tête vont faire demain les Boches en trouvant la cage vide! murmure-t-il, tout joyeux. Adieu, prison! adieu, geôliers! »

Dans l'étroit boyau, à peine plus large que le corps d'un homme, les dix prisonniers rampent l'un derrière l'autre.

Au moment où Jacques quitte la baraque, l'ingénieur atteint la sortie.

Une petite poussée, et le mince rideau qui bouche le souterrain est tombé.

La terre dégringole le long de la berge, roule dans l'eau qui rejaillit.

L'ingénieur sort la tête, inspecte les environs.

Le grand silence de la nuit n'est troublé que par le grondement proche des usines en pleine activité et par le pas des sentinelles qui tournent autour de la baraque pour surveiller et se réchauffer.

Le ciel, tout rouge au-dessus d'Essen, se reflète dans les eaux miroitantes de la Ruhr. Cette demi-clarté va permettre aux évadés de se guider plus facilement.

« Nous avons bien calculé la hauteur, murmure M. Gaspard, nous sommes à un mètre environ de la surface de l'eau. »

Lentement, prenant mille précautions pour ne pas faire de bruit et pour ne pas glisser sur la neige, il sort du trou et s'avance sur la droite, le long de la berge, en s'accrochant aux herbes toutes glacées.

« Posez les pieds où j'ai posé les miens, recommande-t-il à Many, son suivant. Passez la consigne. »

Une autre ombre le suit, une troisième, une quatrième, enfin une dixième. Les prisonniers sont au complet.

M. Gaspard s'est arrêté. Les autres ombres s'immobilisent.

« N'apercevez-vous rien à notre gauche, Many?

— Si, monsieur l'ingénieur, une barque.

— Amenez-la à bord.

— Bonne aubaine, murmure Jacques, qui vient de monter le

dernier, nous évitons un bain froid, peu réjouissant en cette saison. »

La barque détachée glisse doucement au fil de l'eau.

« Nous nous servirons des avirons un peu plus loin, mes enfants, déclare M. Gaspard; ici nous pourrions attirer l'attention des sentinelles. »

Les évadés ont traversé la rivière. Ils abordent, descendent et laissent aller la barque, qui, abandonnée à elle-même, continue sa route.

Ils disparaissent alors dans la nuit.

Ils enfoncent jusqu'à la cheville dans la terre grasse des champs. Ils ne sentent cependant pas la fatigue. Au bout de ces épreuves il y a une récompense : la liberté.

Les voici sur une grande route.

Doivent-ils aller à droite ou à gauche?

L'ingénieur s'est retourné.

Dans le lointain, les hauts fourneaux, les forges d'Essen, véritable vision d'enfer, lancent vers le ciel des nuages de fumée noire, d'immenses lueurs fantasmagoriques.

« C'est la route d'Essen à Duisbourg, dit-il. Prenons à gauche. Nous avons vingt kilomètres à parcourir avant d'atteindre le Rhin. En marchant vite, et si rien ne nous arrête en chemin, nous pourrons arriver vers une heure du matin à Duisbourg. Là nous verrons ce que nous devons faire. »

Sur la route les évadés croisent quelques voitures, quelques rares passants.

« Bonne nuit, crient M. Gaspard et Jacques.

— Bonne nuit, » leur répond-on.

Ils ont eu l'excellente idée d'endosser les vieux vêtements de mineurs et le chapeau de cuir bouilli qui leur ont été prêtés à Essen. Comment pourrait-on deviner des fugitifs sous ce costume?

A l'heure présumée ils atteignent Duisbourg.

La ville est endormie. Ils évitent cependant de la traverser et prennent par les faubourgs pour atteindre le Rhin.

Celui-ci coule à leurs pieds, large, puissant, encore torrentueux.

Ils ont devant eux un pont monumental, un pont de fer massif, trapu, qui donne, comme tous les travaux d'art allemands, une impression de colossal dénué d'élégance.

Une lanterne éclaire seule l'entrée du pont.

« Nous allons traverser le fleuve, décide M. Gaspard, et gagner la frontière à marches forcées.

— Si nous pouvions trouver une embarcation, peut-être, monsieur l'ingénieur, irions-nous plus vite, quoique le chemin soit plus long, en utilisant la route du Rhin? »

M. Gaspard n'a pas le temps de répondre.

Une sentinelle, dont l'ombre s'étend, gigantesque, sur la chaussée du pont, vient de surgir d'une guérite qu'ils n'avaient pas aperçue.

« Qui vive? crie-t-elle.

— Nous sommes des mineurs, nous allons à Crefeld, répond M. Gaspard.

— Montrez vos papiers. »

Des papiers! Ils n'en ont pas. Que vont-ils répondre?

Tout en faisant le simulacre de fouiller dans ses poches, M. Gaspard parle à voix basse à Jacques et à Many.

« Sautez sur la sentinelle, désarmez-la et empêchez-la de crier. Il nous faut employer les grands moyens. Vous, continue-t-il en s'adressant aux autres mineurs qui sont groupés autour de lui, surveillez les environs. »

L'Allemand est rapidement mis hors d'état de nuire et d'appeler. Une main solide, celle de Many, le tient à la gorge.

« Faisons vite, lui dit l'ingénieur. Nous n'avons pas de temps à perdre. Combien y a-t-il de kilomètres d'ici à la frontière hollandaise? »

Many a desserré son étreinte.

« Quarante kilomètres environ, répond l'homme.

— Est-elle bien gardée?

— Oui.

— Y a-t-il près d'ici un endroit où nous puissions trouver une barque? »

L'homme se tait.

M. Gaspard a sorti un billet de banque de son portefeuille.

« Nous sommes des Français évadés qui voulons gagner au plus vite la frontière. Donnez-moi le renseignement que je vous demande, jurez-moi de ne pas signaler notre passage, et ce billet de cent marks est pour vous... Sinon, nous vous précipitons dans le Rhin. »

La perspective alléchante d'une bonne récompense et la crainte d'un plongeon dans le fleuve aux flots tumultueux rendent l'Allemand souple et loquace.

« Suivez la rive, là, tout droit devant vous. A trois ou quatre mètres est un embarcadère avec un choix de bateaux de toutes sortes.

— Cours voir, Jacques. »

Le jeune homme est bientôt de retour.

« J'ai trouvé, dit-il. J'ai même déniché une barque à moteur contenant une ample provision d'essence. Il y aura de la place pour tous. »

L'ingénieur se tourne vers le soldat.

« Je vous remercie... Donnez-moi maintenant votre parole de ne pas dire que vous nous avez vus.

— Je vous la donne... mais vous, si vous êtes pris, ne me vendez pas.

— Soyez sans crainte. Voici la récompense promise. Au revoir. »

Quelques instants plus tard, tous les fugitifs étaient installés dans la petite barque qui se balançait au gré des vagues.

— Nous avons peut-être eu tort de laisser la vie sauve à cet homme, monsieur l'ingénieur. Je n'ai pas foi en la parole d'un Allemand.

— Il eût fallu le tuer, Jacques, et il me répugne de verser du sang. Il s'est fait notre complice par poltronnerie et par cupidité et n'ira certainement pas s'en vanter. »

Le canot coupe d'abord le Rhin en oblique pour ne pas être chaviré par le courant très fort. Il file bientôt au milieu du fleuve.

M. Gaspard allume sa lampe électrique et consulte sa montre.

« Deux heures du matin, dit-il. Au train où nous allons, nous aurons atteint la frontière avant le jour, et nous pourrons, sans crainte d'être aperçus, passer devant les sentinelles allemandes postées sur la rive. Tu as eu une excellente idée, Jacques, en nous faisant emprunter la voie fluviale. Par voie de terre nous aurions risqué de faire d'autres rencontres désagréables. »

Vaincus par la fatigue, les huit compagnons de M. Gaspard et de Jacques se sont endormis. Ces deux derniers sont seuls restés éveillés pour surveiller la marche du canot.

*
* *

A l'horizon apparaît une mince raie blanche qui grandit peu à peu.

« Le jour vient, Jacques.

— Nous n'allons pas tarder à toucher au but, monsieur l'ingénieur.

— Une ligne de bateaux barre le fleuve.

— Il y a des soldats en grand nombre sur la rive et sur les bateaux. C'est la frontière.

— Nous ne pourrons passer, Jacques.

— Il y a un passage libre au milieu. Je vais lancer le canot à toute vitesse. »

Les dormeurs se sont éveillés.

« Couchez-vous au fond, leur crie Jacques, vous aussi, monsieur l'ingénieur. Les soldats nous ont aperçus. Ils font signe d'arrêter. Ils vont tirer. »

A une allure folle, la pointe avant émergeant de l'eau, le canot traverse la passe dangereuse.

Là-bas, en face de Jacques, s'avance en travers de sa route un remorqueur puissant.

La collision est inévitable.

Sans perdre son sang-froid, le jeune homme vire brusquement à droite. La quille du canot, complètement penché sur le côté droit, est hors de l'eau.

Autour des fugitifs des balles sifflent et viennent plonger dans le fleuve avec un glouglou sinistre.

L'habile pilote a redressé sa marche.

« Sur ta droite, Jacques, crie l'ingénieur, vois ce bourg, cet embarcadère, le drapeau hollandais qui flotte. Nous sommes sauvés. »

Le bateau accoste près du poste de la douane hollandaise. Un officier est accouru au-devant des évadés.

« Qui êtes-vous? demande-t-il en allemand.

— Des Français, lui répond M. Gaspard.

— Soyez les bienvenus, messieurs. »

Jacques et M. Gaspard sont dans les bras l'un de l'autre.

Les mineurs, groupés autour de leur chef, pleurent et rient comme des enfants en répétant ce mot magique :

« Libres ! libres !

CHAPITRE XII

RETOUR EN FRANCE

**1. En Hollande. — 2. A Londres. — 3. Le torpillage.
4. La bonne nouvelle.**

Après quelques heures de repos bien mérité, après un bon repas réconfortant, les hardis fugitifs ont été conduits en bateau jusqu'à Arnhem. De là ils gagnent Amsterdam en chemin de fer.

La Hollande, uniformément plate et monotone, leur apparaît bien triste sous son décor d'hiver. Au-dessus de l'immense plaine toute blanche se dressent seuls, silhouettes noires tranchant sur le ciel gris chargé de neige, les bras des moulins à vent.

Et cependant le paysage leur semble beau.

Ils longent le golfe de Zuyderzée. Ils arrivent enfin à Amsterdam, que l'on a surnommée la Venise du Nord à cause des nombreux canaux qui sillonnent la ville.

Les voici au consulat de France, qui se chargera de leur rapatriement.

Les voici, quarante-huit heures plus tard, sur le vapeur qui doit les conduire à Londres.

L'heure du départ est proche, on a retiré les escaliers.

La sirène mugit. L'énorme masse s'ébranle, glisse sur l'eau.

Le bateau est dans le canal qui relie Amsterdam à la mer et qui porte le nom de canal de la mer du Nord.

Voici de nouveau, à perte de vue, la plaine avec les moulins, petits et grands.

Voici les énormes digues élevées et entretenues à grands frais pour protéger le sol contre l'envahissement de la mer.

Voici enfin la mer du Nord, sillonnée par les sous-marins et semée de mines flottantes, embûches terribles pour les navires.

« Regarde tout là-bas... à l'horizon... N'aperçois-tu rien, Jacques?

— Si, monsieur l'ingénieur, un panache de fumée.

— C'est un navire de guerre anglais qui nous attend, interrompt un matelot en s'adressant aux deux hommes. Nous avons à bord un fort courrier pour l'Angleterre, nous avons aussi beaucoup de passagers anglais et français. Il vient pour nous protéger.

— Hourra pour l'Angleterre! » crie Jacques, heureux comme un enfant.

Les formes du navire se dessinent peu à peu. On aperçoit ses mâts, puis ses cheminées, puis ses canons qui se détachent nettement sur l'horizon grisâtre. Il émerge à présent tout entier. Son pavillon flotte au vent, à l'arrière.

« C'est un croiseur cuirassé, continue le marin. Regardez, il manœuvre les signaux.

— Que demande-t-il? interroge Jacques, curieux.

— Notre nom, notre nationalité, notre itinéraire. Voyez, tout au haut de ce mât, des cônes, des boules et des cylindres tout noirs. Ce sont les signaux de grande distance dont notre navire se sert pour répondre. Le croiseur nous annonce qu'il attendait notre arrivée. Il est chargé, comme je le pensais, de nous convoyer. Cette fois encore, si un pirate veut nous attaquer, il trouvera quelqu'un pour lui répondre.

— Servez-vous toujours sur ce bâtiment? demande Jacques.

— Oui, monsieur.

— Avez-vous déjà été torpillés?

— Une fois. Nous étions seuls. La torpille est heureusement passée à l'avant du bateau.

— Vous avait-on avertis?

— Aucunement. Nous ne transportions cependant que des voyageurs, aucune contrebande de guerre.

— Quels barbares!

— Avant la guerre, il y avait encore chez nous beaucoup de gens qui avaient de l'estime et de l'admiration pour les Allemands. Aujourd'hui, monsieur, nous faisons tous des vœux pour votre victoire. »

Le matelot a quitté l'ingénieur et Jacques pour rejoindre son poste.

Le jeune homme s'est retourné vers M. Gaspard, qui, appuyé au bastingage, regarde, tout songeur, du côté de la France.

« Là-bas, elles sont là-bas, murmure l'ingénieur, dont les yeux se mouillent.

— Vous allez bientôt les revoir, monsieur l'ingénieur.

— Ne m'appelle plus ainsi, Jacques, dis-moi : mon père.

— Mon père!

— Ton père, je le suis depuis le jour où le brave Vaillant et ta bonne femme de mère sont morts, vous laissant orphelins, Blondinette et toi. Blondinette, Odette, Jacques, mes trois enfants chéris, comme j'ai souffert loin de vous! Si, pour apaiser un peu ma douleur, je n'avais eu les lettres de maman Gaspard et les vôtres, je serais mort de chagrin. Ces lettres! Elles étaient pour moi comme une caresse, un baume à mon pauvre cœur ulcéré.

— Oubliez le passé, mon père, et ne vivez qu'avec la pensée joyeuse du futur si riant.

— Peut-être nous apportera-t-il d'autres douleurs? Ne vas-tu pas repartir, Jacques? Je le sais, hélas! je n'ai rien à dire. C'est le devoir, un devoir qui coûte bien des larmes d'anxiété ou de regret aux papas, aux mamans, aux femmes, aux fiancées, aux sœurs. Odette ne te le disait-elle pas dans sa dernière carte, que de pleurs vous leur avez déjà fait verser, Georges et toi?

— Odette! »

L'ingénieur s'est penché vers Jacques, qui cache sa tête dans ses mains.

« Qu'as-tu, Jacques?

— Odette! Odette! répète douloureusement le jeune homme.

— Tu l'aimes donc bien, Jacques, ta petite amie d'enfance?

— Oh! oui, mon père, et si ce n'était la noblesse du sacrifice, je tremblerais en pensant que je puis mourir, ne plus jamais la revoir.

— Tu reviendras, Jacques, et pour toujours; alors, je te la confierai.

— Mon père! mon cher papa! »

*
* *

Après vingt-quatre heures de traversée sans incident, le vapeur atteint l'embouchure de la Tamise, remonte le fleuve et arrive à Londres.

« D'après les renseignements que j'ai pu recueillir, explique M. Gaspard, nous n'avons, à Douvres, un paquebot en partance pour la France que dans deux jours. Nous allons donc passer une journée à Londres et nous partirons après-demain. »

En descendant du bateau, les fugitifs se sont rendus au bureau du port pour demander l'adresse du consulat.

Un officier de marine, grand, sec, froid, les reçoit. Jacques sert d'interprète. Il explique rapidement leur situation, montre les papiers qu'on leur a délivrés à Amsterdam.

L'officier s'est levé, et, se départissant pour un moment de sa froideur britannique, il tend la main aux évadés.

« Bravo, messieurs, dit-il, bravo ! Je vous félicite du bon tour que vous avez joué aux Allemands. Que disent-ils de nous, ces barbares?

— Ils crient, ils affichent partout : « Dieu punisse l'Angleterre! »

— C'est qu'ils ne se sentent pas capables de la punir eux-mêmes. Ils ont voulu nous terroriser en envoyant leurs zeppelins au-dessus de notre île inattaquable. Chaque nouvelle victime augmente d'un le nombre de nos régiments, fait grossir la misérable petite armée anglaise dont on parlait avec tant de mépris, fait grandir notre haine. Au revoir, messieurs, et encore une fois, bravo! »

*
* *

Depuis près d'une demi-heure le bateau est en mer.

Les côtes d'Angleterre s'estompent dans la brume, les côtes de

France, qu'éclaire un pâle soleil d'hiver, commencent à se dessiner au loin.

« La France! la France! » crient nos amis, dont le cœur bat d'émotion intense.

La France! la patrie! Mots doux à celui qui retrouve sa terre natale après des mois d'exil. Ceux-là seuls connaissent la joie folle du retour, ceux-là seuls comprennent quelle grande place la patrie tient dans leur cœur, qui ont vécu loin des leurs, loin de leur clocher, loin de ce grand coin de terre où l'on parle la même langue, où l'on a les mêmes lois, le même gouvernement, le même drapeau, c'est-à-dire le même passé, le même présent, le même avenir, les mêmes peines, les mêmes joies, les mêmes désirs.

Le capitaine cause sur le pont avec M. Gaspard, qui lui raconte sa vie d'exilé.

Un matelot s'est approché d'eux.

« Capitaine, l'officier de quart vous demande. »

Le capitaine s'éloigne après s'être excusé auprès de l'ingénieur qui le suit des yeux.

M. Gaspard touche le bras de Jacques.

« Il doit se passer quelque chose, Jacques, dit-il à voix basse au jeune homme. Le capitaine et l'officier de quart observent la mer. Regarde du côté où ils scrutent l'horizon. Ne vois-tu rien?

— Il me semble apercevoir au loin un bâton émergeant de l'eau.

— C'est le périscope d'un sous-marin.

— Voyez ce sillage.

— C'est une torpille, Jacques. Le capitaine a vu, a donné un ordre... le navire fait machine en arrière. Trop tard! »

Un craquement sinistre ébranle le paquebot. On entend des cris de douleur et d'effroi, des hurlements.

Coupé net sur quelques mètres par l'engin meurtrier, l'avant du bateau s'enfonce brusquement. Tous ceux qui se trouvaient là ont été tués ou noyés.

« Le navire va couler! le navire va couler! » crie-t-on de tous côtés.

Le capitaine s'est précipité pour juger de la gravité de la catastrophe.

Coupé net sur quelques mètres par l'engin meurtrier, l'avant du bateau s'enfonce brusquement.

M. Gaspard et Jacques, qui ont conservé tout leur sang-froid, le suivent. Le salon et la salle à manger des premières classes ont disparu. La cloison qui les séparait du logement et du carré des officiers est, heureusement, intacte. La chaufferie et les machines n'ont pas été atteintes.

« Faites demander du secours par télégraphie sans fil, commande le capitaine à un officier.

— Il n'y a plus d'antennes, capitaine, elles ont été détruites. L'appareil à gouverner est faussé.

— La cloison émerge de l'eau. Le poids d'arrière, en forçant le navire à s'enfoncer à l'autre extrémité, la soulève. C'est une chance. Nous sommes cependant à la merci d'un vent un peu fort, d'une tempête. Mettons les canots à la mer, distribuons les ceintures de sauvetage.

Le capitaine est revenu au milieu des passagers. Des enfants hurlent, des femmes crient et pleurent. »

« Du calme, commande-t-il, beaucoup de calme. Le danger n'est pas imminent. Les femmes et les enfants monteront d'abord, puis les hommes, puis les matelots. Que les embarcations ne s'éloignent pas, nous allons tenter de réparer le désastre. »

Les ordres sont rapidement exécutés. Les ceintures ont été distribuées et attachées, les canots mis à la mer.

Malgré les recommandations du capitaine, des gens s'affolent. Les uns, se croyant sauvés grâce à leur ceinture, se laissent glisser dans l'eau, les autres se précipitent dans des embarcations déjà bondées.

« Ne partez-vous pas, monsieur l'ingénieur? demande le capitaine à M. Gaspard qui ne paraît pas pressé de quitter le bord.

— Nous restons avec vous, mes compagnons et moi, pour vous aider à sauver le navire.

— Je vous remercie, messieurs. »

D'autres passagers, impressionnés par l'attitude calme des dix fugitifs, se sont décidés, eux aussi, à demeurer. Avec des matériaux de fortune on exhausse la cloison étanche demeurée indemne. Les antennes de la télégraphie sans fil sont rétablies.

« Demandez d'urgence du secours, ordonne le capitaine, la mer commence à moutonner.

— C'est fait, capitaine, on nous a même répondu. Un remorqueur a quitté le port de Calais et se dirige vers nous. Malheureusement nous allons à la dérive vers le nord. »

Une heure s'écoule. La mer devient de plus en plus houleuse. Aucun bateau n'arrive. Un canot surchargé qui tournait autour du navire s'est rempli d'eau. Les malheureux naufragés ont coulé à pic, et l'embarcation retournée vogue à présent au gré des flots.

Le capitaine s'impatiente.

« Pourquoi tarde-t-on à venir? murmure-t-il. Renouvelez les appels.

— Là-bas, capitaine, voilà le remorqueur.

— Faites les signaux de détresse. »

Ceux-ci sont aperçus par le navire de secours, qui arrive à toute allure.

La mer est furieuse. Le transbordement n'est pas possible par les embarcations.

« Nous allons descendre une baleinière et la placer entre les deux bateaux pour servir de tampon, hurle le capitaine du remorqueur, dont la voix est couverte par le bruit des flots et du vent.

— Allez-y! »

La frêle embarcation, serrée entre les deux énormes masses, craque à se briser. On lance des amarres pour tenter d'immobiliser les deux navires. Elles cassent. On les remplace. Elles tiennent.

Le transbordement va pouvoir s'opérer.

Sans souci du danger qu'ils courent de glisser entre les deux bateaux et d'être écrasés comme une plaque de fer entre les cylindres d'un laminoir, les matelots du remorqueur reçoivent dans leurs bras les passagers qui glissent par un sabord ouvert. M. Gaspard et ses mineurs sont là, au premier rang, aidant au sauvetage. Tous les rescapés ont été recueillis à bord. Le bateau de secours, prenant à sa remorque le navire éventré, se dirige alors vers Calais.

Une foule énorme, massée sur les jetées, acclame les voyageurs et crie :

« A mort les barbares! »

Dès qu'il met le pied sur le quai, M. Gaspard, s'arrachant à la manifestation d'enthousiasme des habitants et des soldats, s'empresse de courir au télégraphe pour envoyer une dépêche aux siens.

*
* *

A l'instant même où les fugitifs montent dans l'express de Paris, la petite enveloppe bleue arrive chez M. Bontemps.

Pour chasser leurs tristes pensées, Odette et Blondinette sont occupées au salon à déchiffrer un morceau à quatre mains très difficile.

Mᵐᵉ Gaspard et Mᵐᵉ Bontemps causent des absents, tout en tricotant pour les soldats. M. Bontemps parcourt le journal.

Ding! ding! ding! ding!

« Des nouvelles, crie Mᵐᵉ Gaspard, qui s'est levée brusquement, ce sont des nouvelles! »

Mᵐᵉ Dutertre est entrée, une dépêche à la main. Elle la présente à l'ingénieur. Celui-ci la retourne. Il hésite avant de l'ouvrir.

Est-ce un malheur qu'elle annonce? Est-ce, au contraire, un événement heureux?

M. Bontemps se décide, déchire l'enveloppe et parcourt la dépêche des yeux.

« Calais. Sommes arrivés en France, Jacques, huit mineurs et moi, après nous être évadés. Avons été torpillés dans la Manche. Sommes sains et saufs. Serons à Saint-Étienne demain soir, heureux de vous serrer dans nos bras.

« GASPARD. »

Ses mains tremblent. Son visage s'éclaire cependant peu à peu.

« De qui est-ce, monsieur Bontemps, crie Mᵐᵉ Gaspard, suppliante. De M. Gaspard,... de Jacques?

— Ils sont en France, maman Gaspard, ils arriveront demain.

— Odette! Blondinette! »

A l'appel de leur mère, les deux jeunes filles sont accourues.

« Maman?

— Votre père et Jacques sont de retour! » crie la pauvre femme, haletante.

Vaincue par l'émotion, bouleversée par cette grande joie, elle tombe à la renverse dans un fauteuil. Elle se trouve mal.

Blondinette et Odette la soutiennent, lui embrassent les mains, le visage.

« Maman Gaspard!

— Petite mère! »

Mme Gaspard reprend peu à peu ses sens. Elle revient à elle, regarde, les yeux égarés, ceux qui l'entourent. Elle est encore inconsciente. Tout à coup elle se souvient.

« Mes petites chéries, ils vont revenir.

— Oui, petite mère, et nous allons les dorloter pour leur faire oublier les misères passées.

— C'est fou! c'est incroyable! Ils seront là demain soir... vous savez... Ils l'ont écrit... Lisez cette dépêche.

— Ils seront là demain soir, c'est vrai, maman Gaspard. Ne vous énervez pas, vous allez vous rendre malade.

— Ma joie est si grande, Blondinette, que je me sens devenir folle. Je voudrais crier, chanter, rire. Mon cœur se serre et je pleure. »

CHAPITRE XIII

LA FIN D'UN CUIRASSÉ

1. Le retour. — 2. A l'honneur. — 3. Le « Superbe » au fond de la mer.

Sur le quai de la gare de Saint-Étienne, M. et Mme Bontemps, Mme Gaspard, Odette, Blondinette et petit Pierre attendent avec impatience le train de Paris.

Le matin même ils ont reçu une deuxième dépêche leur annonçant que les évadés seraient à Saint-Étienne à huit heures.

Odette et Blondinette portent la coiffe blanche, le grand manteau bleu de la Croix-Rouge.

Elles viennent de quitter l'hôpital où, depuis plusieurs mois, elles soignent avec dévouement nos blessés. Toutes deux ont voulu remplir leur devoir à leur façon, se rendre utiles.

Huit heures moins cinq.

Un train entre en gare.

« Les voilà ! crie Odette.

— C'est le train de Lyon, petite fille, » dit M. Bontemps en souriant.

D'un wagon de première classe descend péniblement un jeune officier, décoré de la Légion d'honneur et de la Croix de guerre avec palme.

« Georges ! crie Blondinette toute rougissante.

— Mon fils! mon cher grand!

— Quand arrivent-ils? demande Georges, tout en serrant des mains, en distribuant des baisers.

— Ce soir... tout à l'heure... Qui vous a prévenu, Georges?

— Papa m'a télégraphié, Blondinette. J'ai pu obtenir quatre jours de permission... et je suis accouru.

— Faut-il le recevoir... ou le renvoyer?

— Nous le gardons, monsieur Bontemps, papa cachottier et taquin.

— Bien répondu, Blondinette... Racontez-moi vite comment tout s'est passé.

— Nous n'en savons pas plus que toi, Georges. Lis ces deux dépêches. »

Le jeune homme parcourt rapidement les feuilles bleues que lui a tendues son père.

Un roulement lointain. Un sifflement aigu et prolongé. L'express de Paris est là.

La machine, les wagons, trépident sur les plaques tournantes.

Le train entre en gare. Des têtes se penchent aux portières.

« Les voilà! les voilà! » crie Odette, toute pâle.

M. Gaspard et Jacques sont dans les bras des leurs, qui se sont précipités au-devant d'eux.

On se serre les mains, on s'embrasse, on s'essuie les yeux, on rit, on se tait. Le cœur est trop plein, les mots ne peuvent sortir.

Petit Pierre est venu se placer près de Jacques, devant lequel il reste en contemplation. C'est lui, le premier, qui rompt le silence.

« Quoi ils ont dit les Boches quand tu es parti, monsieur Jacques?

— Je n'ai pas eu le temps de me préoccuper de cela, petit curieux. J'espère retourner bientôt au front. Peut-être alors rencontrerai-je quelque Allemand qui me renseignera. Je t'écrirai immédiatement. »

Le jeune officier a pris le bras d'Odette et de Blondinette. Tous trois s'éloignent à pas lents.

« Vous allez donc repartir bientôt, Jacques?

— Il le faut, Odette. Je suis toujours soldat et je me dois encore à mon pays. Georges ne me donne-t-il pas l'exemple? Il ne peut plus marcher facilement, il se fait aviateur.

— Vous nous désespérez tous les deux.

— Je partirai dans quelques jours, grande amie, il le faut. »

Odette se tait. Elle sait bien qu'elle ne doit pas et qu'elle ne pourra pas faire revenir le jeune homme sur sa décision.

Georges a quitté sa mère pour se rapprocher des deux jeunes gens. Il a pris, à son tour, le bras de Blondinette.

« Comme nous allons être heureux ! murmure-t-il doucement.

— Pas pour longtemps, hélas !

— Le devoir nous appelle, Blondinette.

— Le devoir jusqu'au bout, petite sœur. »

*
* *

Deux jours plus tard, à l'*Officiel*, paraissait la nomination de Jacques au grade de lieutenant et sa promotion au grade de chevalier de la Légion d'honneur. Il était cité à l'ordre de l'armée, ce qui lui donnait droit à la Croix de guerre avec palme.

Voici quel était le texte de cette citation élogieuse :

« Lieutenant Jacques Vaillant. A l'attaque de Champagne, a entraîné merveilleusement ses hommes au feu. Avec quelques braves de sa section s'est emparé d'un drapeau ennemi. Dans l'ardeur de la lutte a dépassé les lignes allemandes. Grièvement blessé et fait prisonnier, a réussi, après quelques mois de captivité, à s'évader du camp où il était interné. Officier d'une grande valeur morale, d'une énergie rare, a toujours montré un courage surhumain. Engagé volontaire à dix-huit ans, a gagné tous ses galons sur le champ de bataille. Proposé pour le grade de lieutenant après l'affaire de Champagne et promu à son retour en France. »

Le brave Many avait quitté son chef pour aller retrouver sa femme et ses enfants à Lyon. Lui recevait la médaille militaire.

Quant à M. Gaspard, déjà chevalier de la Légion d'honneur au titre civil, il était promu officier, au titre de services de guerre, avec cette courte mais éloquente citation :

« Gaspard (Antoine), ingénieur aux mines d'Anzin, resté à son poste, a été arrêté par les Allemands auxquels il a imposé le respect par son attitude énergique. Interné en Allemagne, comme prisonnier civil, a refusé de travailler malgré la menace d'un inique

traitement d'isolement qui lui a été appliqué contrairement aux lois
de l'humanité. A réussi, malgré les difficultés, à s'évader des geô-
les allemandes. »

Ces récompenses, si bien méritées, furent accueillies avec joie à
la maison de M. Bontemps.

Une mauvaise nouvelle devait malheureusement attrister ce jour
de bonheur. Un croiseur cuirassé français, le *Superbe*, venait de
sombrer dans la mer Égée, coulé par les torpilles d'un sous-marin
allemand.

Une faible partie de l'équipage avait été sauvée. Tout l'état-
major était signalé comme perdu.

Parmi les officiers se trouvait l'enseigne de vaisseau Grandjean,
qui avait été affecté au *Superbe* depuis peu de temps.

Georges, accompagné de Jacques, s'est rendu immédiatement
chez les parents de son camarade de collège si bizarrement rencontré, un an plus tôt, à la presqu'île de Gallipoli.

Les pauvres gens, affolés, anxieux, n'ont reçu aucune confirma-
tion officielle de la disparition de leur fils.

« Dès que nous aurons quelque espoir ou la certitude de notre
malheur, nous vous ferons prévenir, » a dit M. Grandjean à Georges en les reconduisant.

*
* *

Georges doit rejoindre demain le centre d'aviation de Lyon pour
être sans doute dirigé sur Verdun.

« Il paraît, a dit l'officier aviateur à son ami, profitant d'un instant où ils étaient seuls, que les Allemands préparent une attaque
formidable du côté de Verdun.

— J'en ai entendu parler. Par M. Dubail, que je vais rejoindre
dans quelques jours, j'ai appris que mon régiment était envoyé
d'urgence dans cette direction.

— Alors, mon vieux Jacques, nous serons voisins.

— Ne parle de cela à personne. Il est inutile de tourmenter
tous les nôtres. Ce soir ne songeons pas à ce futur proche qui
sera peut-être, pour nous, mort ou souffrance, pour eux, deuil et
douleur. »

Les bonnes mamans, Odette et Blondinette ont les yeux rougis
par les larmes, mais les deux jeunes gens sont si gais, d'une gaieté
sans doute un peu factice et forcée, qu'elles oublient, elles aussi,
le lendemain pour ne songer qu'à l'heure présente.

On vient de sonner à la porte d'entrée.

Mme Dutertre annonce bientôt le lieutenant Grandjean.

Georges et Jacques se sont précipités au-devant de l'officier de
marine et lui serrent la main.

« Je te croyais perdu, dit Georges. Je suis bien heureux de te
revoir. Tu as donc échappé par miracle à la mort ?

— C'est un miracle, en effet, qui me vaut le plaisir de vous revoir
et de vous remercier de vous être tant intéressés à moi. Je suis rentré ce soir et j'ai appris par mon père la démarche amicale que vous
aviez faite auprès de lui.

« Je suis accouru pour vous rassurer, et aussi pour féliciter chaleureusement de leur héroïque évasion M. Vaillant, que j'ai l'honneur de connaître, et M. Gaspard, auquel je serais très heureux
d'être présenté. »

L'enseigne de vaisseau a serré toutes les mains.

A peine est-il assis que petit Pierre s'est posté devant lui.

« Raconte-nous vite l'histoire, monsieur le chef de bateau, risque l'enfant à voix basse.

— Pierre, Pierre, gronde en souriant Blondinette, veux-tu laisser monsieur tranquille ?

— Laissez ce petit bonhomme, mademoiselle, je vais satisfaire
sa curiosité, je vais lui dire l'histoire bien triste de mon grand
bateau, de mon pauvre *Superbe*, qui repose aujourd'hui au fond de
la mer.

« Depuis plusieurs semaines nous avions été chargés de la surveillance d'un secteur dans la mer Égée. Nous avions pour mission
d'empêcher les sous-marins allemands de gêner le débarquement
des troupes françaises et anglaises à Salonique.

« Nous étions là, à la merci d'un sous-marin ennemi qui pouvait,
en glissant sous l'eau, arriver près de nous.

« Plusieurs fois nous avions été menacés et nous vivions dans
l'attente de cette fin terrible : une torpille, un trou dans le bateau,
le navire qui sombre, l'angoisse affreuse de l'agonie, l'eau froide

qui vous étreint, vous emplit la bouche, vous clôt les yeux, un dernier râle, puis la mort.

« Il y a huit jours, j'étais de quart.

« Il faisait un temps merveilleux. La nuit était claire, la mer calme. Sur l'eau blanchie par la lune, le navire, faisant tache noire, devait être visible de très loin.

« — Veillez au grain, Grandjean, m'avait recommandé le capi-« taine. C'est une nuit à sous-marins. »

« J'écarquillais les yeux. Je ne voyais rien.

« Allez donc distinguer un périscope sur la mer, dans une demi-obscurité, quand vous aveugle le miroitement des vagues.

« J'avais cependant à veiller sur les camarades qui reposaient, confiants en moi.

« J'essayais de fouiller l'horizon tout autour de moi.

— Nous connaissons, dans les tranchées, ces heures d'attente fiévreuse, de surveillance fatigante, quand on sait que l'ennemi, profitant d'une nuit noire comme de l'encre, peut tenter de nous venir surprendre.

— Sur terre, Georges, le moindre bruit peut vous prévenir. Sur mer, il ne faut compter que sur un effort surhumain, sur un hasard miraculeux, pour deviner le danger.

« Mon temps de quart était sur le point de finir quand tout à coup, vers minuit, deux explosions formidables retentissent à quelques secondes d'intervalle.

« Le capitaine, réveillé brusquement, sort de la chambre de veille.

« — Qu'y a-t-il, Grandjean?

« — Je ne sais pas, capitaine. Des torpilles ont dû être lancées. « C'est là-bas, du côté des dynamos et de la chaufferie, que s'est « produite l'explosion. »

« Ma supposition n'était que trop vraie.

« Deux torpilles avaient été lancées par un sous-marin demeuré « invisible.

« Elles avaient détruit les dynamos, crevé les chaudières.

« L'eau s'engouffre bientôt par les déchirures, fait pencher notre bateau.

« Le capitaine est revenu auprès de moi.

« Il restera à son poste jusqu'au dernier moment, multipliant les ordres, tentant l'impossible pour sauver l'équipage d'abord, le navire ensuite.

« Le *Superbe* se penche de plus en plus.

« Peut-être pourrait-on le redresser un peu en vidant l'eau des réservoirs qui se trouvent du côté opposé aux déchirures? Impossible. Les machines ne fonctionnent plus.

« Les officiers, réveillés par l'explosion, ont quitté leurs chambres et accourent sur le pont.

« — Il n'y a plus d'éclairage, leur crie le capitaine, allez au « secours des survivants. »

« Tous redescendent alors au-devant des marins.

« Si familiarisé que l'on soit avec le navire, il est difficile, pour ne pas dire impossible, de retrouver dans la nuit sombre le chemin des échelles, semé d'obstacles de toutes sortes.

« Un matelot, cramponné au même débris que moi, me racontera plus tard le spectacle dont il a été le témoin.

« Les officiers, accourus pour sauver leurs hommes, se tenaient au pied des échelles qui conduisent de la profondeur de l'énorme masse jusqu'au pont.

« Ils tenaient à la main des lampes électriques de poche qui guidaient un peu les malheureux dans leur fuite.

« Ils attendirent que tous les survivants eussent quitté le fond.

« Beaucoup, hélas ! furent victimes de leur dévouement.

— Ils ont rempli leur devoir.

— Je les admire simplement, monsieur Vaillant, et je les plains.

« C'est alors le moment le plus terrible, c'est l'agonie d'un navire, c'est l'agonie de centaines de braves.

« Le cuirassé continue à toujours s'enfoncer du côté où il a été éventré.

« — Jetez les embarcations à la mer. Jetez tout ce qui pourrait « vous soutenir. Sauvez-vous sans hâte, commande le capitaine aux « matelots. Nous resterons les derniers. »

« Les marins se jettent à l'eau.

« Ils nagent vers les cánots que l'on a lancés à la mer comme on a pu. Les embarcations qui n'ont pas été retournées ou brisées sont bientôt pleines, trop pleines, car quelques-unes vont chavirer.

« D'autres marins s'accrochent à des bouées, à des morceaux de mâts, à des avirons. Les officiers, toujours calmes, surveillent le sauvetage.

« L'eau a envahi le pont et gagné la passerelle, sur laquelle nous nous tenons en équilibre en nous cramponnant aux barres d'appui.

« Le capitaine s'est tourné vers moi.

« — Sautez à l'eau, Grandjean, me dit-il, le navire va se « retourner.

« — Je reste avec vous, capitaine.

« — Sautez, je vous l'ordonne. Je suis le chef et l'on doit m'obéir. « Moi, je reste à mon poste et je vais mourir avec mon bateau. Si « vous en revenez, vous direz à ma femme et à mes enfants que j'ai « pensé à eux jusqu'au dernier moment. Adieu! vive la France!

« — Vive la France! » crient les officiers.

« Je serre la main du capitaine et je me jette à l'eau.

« — Sauvez-vous, messieurs, crie l'héroïque marin en s'adres- « sant aux officiers, sauvez-vous, le navire va sombrer. »

« Quelques minutes s'écoulent. J'ai eu le temps de m'éloigner. Brusquement le *Superbe* se retourne complètement. Ses mâts sont dans l'eau, sa quille en l'air.

« — Vive la France! » crient les marins, qui saluent une der- nière fois l'épave.

« J'ai rencontré un tronçon de mât qui flotte à la surface de la mer et sur lequel se trouve déjà un matelot.

« Celui-ci m'aide à grimper et à m'asseoir tant bien que mal sur ce fragile appui mobile.

« — Tenez-vous bien, monsieur l'officier, le navire va couler, et « gare au remous. »

Je suis le conseil, qui est bon.

« — A moi! à moi! » hurle-t-on à quelques mètres de nous.

« Je reconnais un de nos jeunes camarades, un aspirant de vingt ans. Nous lui tendons la main, nous le soutenons au-dessus de l'eau. Il ne faut pas songer à le faire asseoir auprès de nous. Il n'y a plus de place sur l'épave, et il n'aurait d'ailleurs pas la force de s'y maintenir.

« Le pauvre petit s'est tourné du côté du navire.

« — Mon bateau! mon bateau! » murmure-t-il plaintivement.

« Soudain, l'énorme masse disparaît.

« Un trou profond se creuse, une grande masse d'eau tourbil-
lonne un long moment, écumante, puis la surface de la mer rede-
vient calme.

« Le *Superbe* n'est plus.

« Il repose à présent au fond de la mer, immense cercueil d'acier
qui garde jalousement les pauvres morts pour la patrie.

« — Maman! maman! appelle désespérément le petit aspirant.

« — Il est perdu, me dit à voix basse le matelot.

« — Il est perdu, la congestion l'a tué. »

« L'enfant a ouvert les yeux une dernière fois, démesurément.

« — Vive la France! » crie-t-il.

« Il est mort. Doucement nous abandonnons le pauvre corps,
qui coule à pic et disparaît dans les flots argentés.

« Au matin, mon compagnon et moi, nous étions recueillis par un
contre-torpilleur qui nous a conduits avec d'autres rescapés à Salonique. De là j'ai gagné Athènes, puis Brindisi.

« Me voici revenu en France pour quelques jours.

— Où vas-tu aller après, dis, monsieur?

— J'irai retrouver mon sous-marin, mon petit, celui que Georges
et M. Vaillant ont visité à Gallipoli. J'avais dû l'abandonner momentanément parce qu'il avait été mis en cale sèche, pour être réparé.

— Tu iras alors tuer des grands navires?

— C'est cela, mon petit, j'irai venger le *Superbe*. »

CHAPITRE XIV

SOUS TERRE ET DANS L'AIR

**1. Explosion de mine. — 2. La saucisse. — 3. Le combat aérien.
4. Coin de cimetière.**

L'enseigne Grandjean a retrouvé son sous-marin, avec lequel il espère faire de la bonne besogne.

Georges Bontemps a rejoint l'escadrille de Verdun.

Quant à Jacques, en compagnie de son fidèle Many, qui n'a pas voulu le laisser partir seul, il a retrouvé son régiment, en avant du fort de Douaumont.

M. Dubail avait manifesté le désir d'avoir avec lui le jeune officier. Cette faveur lui avait été facilement accordée.

Quelques jours se sont écoulés dans un calme relatif.

Les Allemands terminent leur concentration de troupes. Nous nous préparons à les arrêter.

Une après-midi, vers une heure, M. Dubail aborde Jacques qui se promène dans la tranchée.

« Je n'ai pas vu le lieutenant Yvert depuis ce matin, Jacques. Il est occupé à établir au-dessous des Boches qui nous narguent à vingt mètres une mine qui doit les faire danser de la belle façon. Veux-tu aller voir où Yvert et ses mineurs en sont de leurs travaux?

— Volontiers, mon capitaine. »

Le jeune officier s'éloigne. Il suit la tranchée et s'arrête bientôt devant une excavation d'un mètre carré environ, creusée à même la paroi.

Il s'enfonce, le corps plié en deux, dans le boyau souterrain qui descend en pente douce.

Il parcourt une trentaine de mètres et s'arrête.

Dans une chambre toute petite, deux sapeurs mineurs sont occupés à accumuler des explosifs. Le lieutenant Yvert, assis à côté d'eux, les éclaire avec sa lampe électrique et leur donne des conseils.

« Bonsoir, Yvert.

— Bonsoir, Vaillant. A quoi dois-je le plaisir de votre visite?

— Je viens voir si vous avez bientôt terminé votre petite cuisine.

— Dans quelques minutes. Nous nous hâtons, car les Boches sont au-dessous de nous. Ils préparent également un fourneau de mine. Écoutez-les gratter la terre. S'ils sont prêts avant nous, s'ils allument avant nous, nous sommes perdus.

— Cette mort sous terre ne doit rien avoir d'agréable.

— Éboulement et asphyxie, c'est ce qui nous menace.

— A moins que la mine de l'adversaire, en sautant, ne vous réduise en bouillie. Hâtez-vous, car je ne tiens pas à être enseveli ici. Parlez-moi de mourir dehors, au grand jour. Là, au moins, on a de la lumière plein les yeux jusqu'au dernier moment.

— Cette fin-là, Vaillant, ne devrait pourtant pas vous effrayer, vous, un mineur. N'y êtes-vous pas exposé chaque jour? »

La mine est prête. Les deux officiers et les soldats sont revenus à l'air. Jacques pousse un soupir de soulagement.

Une surprise désagréable les attend.

Les batteries ennemies de 77 arrosent copieusement la tranchée française.

« Faites sauter la mine, Yvert, commande le capitaine. Ce sera une réponse par retour du courrier à ces bougres-là qui, depuis cinq minutes, nettoient un peu trop rudement notre tranchée. Toi, Jacques, bondis jusqu'à l'artillerie. L'officier d'artillerie observa teur vient d'être tué, notre fil téléphonique a été coupé. Demande au commandant de faire repérer les batteries boches d'en face et de les réduire un moment au silence, à moins qu'il ne puisse les démolir. »

Pendant que le jeune officier s'éloigne par un boyau de repliement, une explosion formidable retentit, qui ébranle l'air et fait frémir la terre. De menus fragments de terre se détachent des parois du boyau et tombent.

Le lieutenant Yvert a pressé sur un bouton et fait exploser la mine.

Jacques se retourne un instant.

Une énorme masse de terre a été soulevée, projetée à plusieurs mètres de hauteur. Dans le nuage de fumée et de poussière qui s'élève au-dessus du sol on distingue des débris de toutes sortes, des planches, des rondins, des corps, des membres déchiquetés qui retombent à terre.

On perçoit des appels lugubres, des plaintes, des gémissements.

« Oh! l'horrible spectacle! Oh! la terrible mort! » murmure Jacques, qui se retourne et part en courant.

*
* *

Des obus de 77 passent en miaulant au-dessus de sa tête et éclatent par centaines autour de lui.

Des gros fendent bruyamment l'air qui, agité par ces milliers de ventilateurs, semble se plaindre. Ceux qui viennent de plus loin vont bouleverser les dernières lignes, détruire notre artillerie.

Le jeune officier, épargné une fois encore par la mort, est arrivé à nos batteries dissimulées dans un ravin. Il aborde le commandant et lui explique l'objet de sa mission.

« Je me suis aperçu que le téléphone était coupé, dit l'officier supérieur. Pourquoi l'officier d'artillerie qui est auprès de vous n'a-t-il pas utilisé les signaux optiques?

— Il est mort, mon commandant.

— Pauvre garçon! Ça chauffe donc là-bas, en première ligne?

— Épouvantablement.

— Ici aussi. Nous avons été repérés par leurs grosses pièces, et
si vous étiez arrivés quelques minutes plus tôt, vous nous auriez
trouvés tapis dans des trous. Deux de nos pièces, avec tous les
servants, viennent d'être écrasées par un 210. Nous profitons d'un
moment d'accalmie pour recommencer le tir. »

Pendant que les brancardiers enlèvent les blessés et recouvrent
d'un manteau les morts mutilés, allongés près des canons en
miettes, servants et pointeurs ont, en effet, repris stoïquement leur
place auprès des pièces restées intactes.

La besogne doit être rude, car, malgré le froid, tous travaillent
en bras de chemise.

« Il me faudrait connaître l'emplacement exact des batteries qui
nous bombardent, continue le commandant. Il faudrait aussi que
nos canons de gros calibre fissent taire un peu les gros braillards
qui nous empêchent de travailler. Malheureusement le téléphone
qui me relie au ballon saucisse que vous apercevez à un kilomètre
en arrière de nous est coupé, lui aussi... et je n'ai plus d'agent de
liaison sous la main. Ceux que j'ai envoyés ne sont pas revenus.

— Voulez-vous que j'aille jusque là-bas, mon commandant?

— Vous m'obligeriez. Prenez ce ravin. Quand vous serez au
bout, tournez à gauche. Vous suivez un instant un chemin à découvert, et vous atteignez alors un bosquet derrière lequel se trouve
ancré le ballon observateur. Je vais, pendant ce temps, tenter de
faire réparer le téléphone. »

Jacques part, accompagné d'un téléphoniste qui suit la ligne
reliant la batterie au ballon saucisse.

Le jeune officier a bientôt trouvé l'emplacement de ce dernier.

Il arrive juste au moment où le ballon, que l'on avait fait descendre pour permettre le changement d'observateur, se prépare à
remonter. Semblable à une énorme saucisse jaune, l'aérostat,
retenu solidement par des soldats, oscille un peu au vent au-dessus
de l'automobile blindée, lourde, basse, qui sert à le transporter.

L'observateur, engoncé dans une peau de mouton, a sauté dans
la nacelle. Il vérifie tout son bagage : ses cartes, son carnet de
notes, sa jumelle, ses armes, sa musette. Tout est là.

« Des batteries ennemies bombardent notre première ligne, sur notre gauche. Des pièces lourdes arrosent nos propres batteries. Il faut les repérer, explique Jacques qui vient de se présenter au capitaine commandant la section d'aérostiers.

— Prêt, » crie l'observateur.

Les soldats ont lâché les cordes.

Lentement se déroule le mince câble d'acier qui retient le ballon. La saucisse difforme monte dans le ciel gris, perd de son inélégance. Une secousse. Le câble se tend et vibre. C'est l'arrêt.

Là-haut, le ballon se déplace, furieusement secoué par le vent.

Le cou tendu, la jumelle collée sur les yeux, l'observateur scrute l'horizon. Il veut voir malgré tout, malgré le vent, malgré le froid; il veut découvrir quelque chose, un indice précieux. Dans le gros bourg occupé par l'ennemi, en face de nos lignes, il vient d'apercevoir de petites lueurs.

« Je ne me trompe pas, murmure-t-il, c'est bien au pied du clocher que paraissent être établies leurs batteries.

Il attend, et sa jumelle, obstinément, fixe toujours ce coin. L'image est vacillante, mais les petites lueurs réapparaissent nettement.

« Pièces installées à gauche du clocher, » téléphone-t-il.

Le capitaine tient le récepteur collé près de son oreille. Il tressaille de joie.

« Téléphonez, » crie-t-il à Jacques.

Celui-ci saisit le téléphone qui doit le mettre en communication avec les batteries françaises.

« Allo! allo! crie-t-il.

— Allo! allo! » lui répond-on.

Le téléphone a été réparé. Le jeune officier transmet les renseignements que lui fournit le capitaine.

« Nous allons tirer sur le but indiqué, » lui répond-on.

Quelques minutes s'écoulent.

« Plus à gauche, commande l'observateur. Le premier coup vient de frapper le clocher. La portée est bonne. »

Jacques répète l'indication.

« Au but! crie triomphalement l'observateur.

— Au but! » hurle Jacques.

En quelques coups les 75 ont anéanti les batteries ennemies.

Soudain le câble du ballon vient de retomber. Il a été coupé par un obus.

Le vent pousse la saucisse vers les lignes ennemies.

L'observateur, debout sur le bord de la nacelle, s'apprête à se jeter dans le vide. Affreuse minute d'angoisse!

Si le parachute qu'il tient à la main ne fonctionne pas, c'est la chute rapide, c'est l'écrasement sur le sol.

Dans le ciel gris, près du ballon qui file, deux aiguilles se détachent en noir : l'homme et le parachute.

Une des aiguilles grossit, s'enfle. C'est l'appareil de salut qui s'ouvre, semblable à un énorme parapluie. Doucement, bien doucement, l'observateur vient se poser sur la neige, dans nos lignes.

« Tonnerre! la belle descente! » crie quelqu'un derrière Jacques.

Celui-ci s'est retourné.

« Georges!

— Jacques!

— Que fais-tu ici, homme du ciel?

— J'attends qu'un avion boche se montre là-haut pour aller lui livrer bataille. Pourquoi toi-même, beau fantassin, viens-tu rôder dans ces parages, au milieu des hommes volants?

— Je suis en mission. Officier de liaison. »

*
* *

A peine Jacques a-t-il fini d'expliquer à son ami les raisons qui ont motivé son envoi dans cette zone, que des cris poussés autour d'eux les forcent à lever le nez.

« Un aviatik! un aviatik!

— Un biplan, murmure Georges, un de leurs meilleurs appareils de chasse. Deux mitrailleuses mobiles. Une belle provision de cartouches. Instrument peu maniable cependant.

— Comment peux-tu reconnaître son type, Georges? Je le distingue à peine.

— Le flair, l'habitude, pauvre homme des tranchées. J'ai déjà eu l'occasion de me mesurer avec l'un de ces moineaux. N'ayant pas assez d'entraînement et de sang-froid, je n'ai pu le descendre.

Aujourd'hui je me sens en forme, et je vais, de ce pas, causer un peu avec lui.

— M'emmènes-tu?

— Si tu veux.

— Je plaisantais, Georges, le capitaine Dubail m'attend.

— N'as-tu pas rempli ta mission?

— Il me faut rejoindre mon poste.

— Supposons que tu aies été tué, blessé, supposons que tu aies été retardé...

— Supposons que tu meures d'envie de me débaucher.

— Tu ne regretteras pas d'avoir fait un peu l'école buissonnière. Tu verras comme c'est amusant, la chasse au Boche. Je t'engage en qualité de mitrailleur, et je te promets de te ramener dans une heure, avant la nuit.

— Sain et sauf?

— Je ne réponds pas de la casse. Nous aurons au moins la consolation d'être abîmés... ou de mourir ensemble. »

Jacques, pris du désir fou de connaître les péripéties d'un combat aérien, se risque à tenter l'aventure.

« Je vais avec toi, Georges, décide-t-il brusquement. Si j'en reviens, M. Dubail me pardonnera mon escapade...

— Si tu n'en reviens pas, il te pleurera. »

Tout en causant, les deux jeunes gens sont arrivés près de l'appareil de chasse, un monoplan court et trapu, armé d'une mitrailleuse fixe, un coursier léger et docile qui attend, posé sur la neige blanche recouvrant la prairie, son cavalier, son pilote.

Jacques a trouvé une petite place derrière son ami.

« Surtout, lui souffle celui-ci, ne manœuvre la mitrailleuse qu'à mon signal. »

Le moteur ronfle, l'hélice tourne à toute vitesse.

Le monoplan glisse un instant sur le tapis blanc, quitte le sol sans secousse et bondit soudain dans l'espace. L'oiseau des contes fantastiques n'est plus, dans le ciel, qu'un frêle oiseau, qu'une petite chose noire, informe, qu'un point presque invisible.

Il domine bientôt l'adversaire qui tourne au-dessus de nos lignes.

Il semble le couver, comme un aigle couve sa proie.

Dans le ciel gris, deux aiguilles se détachent en noir : l'homme et le parachute.

Et cependant l'oiselet, c'est lui; le rapace, c'est le biplan allemand.

« Attention à la descente, hurle Georges dont la voix, couverte
par le ronflement puissant de l'hélice et du moteur, est à peine dis-
tincte pour Jacques. Le Boche s'est assez avancé maintenant, nous
allons lui couper la retraite et l'obliger à combattre. »

Jacques se cramponne. Il ressent soudain une atroce sensation
de vide. Il se sent entraîné dans une chute vertigineuse.

L'appareil s'arrête brusquement de tomber, plane un moment,
puis reprend son vol.

« Prépare-toi, Jacques. Nous allons faire de l'acrobatie : cul-
butes, renversement sur l'aile droite ou gauche... du looping.
Vérifie bien les courroies qui te retiennent, autrement je ne réponds
pas de ta fragile personne.

— Le voilà! le voilà! » crie Jacques, haletant.

Le biplan allemand a vu le monoplan français. Espérant ne faire
qu'une bouchée de ce chétif ennemi, il se précipite sur lui.

Des balles sifflent autour des deux jeunes gens.

Le petit oiseau de France, léger, rapide, vif comme une hiron-
delle, glisse au-dessous de son adversaire, bondit à sa droite, saute
à sa gauche, le survole.

Le Boche tourne alors autour de lui en décrivant un cercle assez
grand.

« Oh! oh! crie Georges, monsieur l'Allemand emploie les grands
moyens. Le vautour veut nous hypnotiser. Grâce à ses mitrailleuses
mobiles, il espère nous tenir toujours dans sa ligne. Attention,
Jacques.

Le monoplan oscille sur ses ailes, se renverse, monte et descend
en zigzags.

L'observateur ennemi, obligé de rectifier continuellement son
tir, perd patience, précipite les coups.

Le pilote s'énerve, lui aussi, veut se hâter de descendre.

Le monoplan se trouve brusquement près de son adversaire,
contre lequel il se précipite à son tour.

« Tire, Jacques. »

La bande se déroule. L'observateur et le pilote sont tués sur le
coup.

Le biplan, abandonné à lui-même, roule, bascule et vient s'é-
craser sur le sol.

L'essence du réservoir prend feu.

Des soldats sont accourus. Ils veulent arracher de l'amas de bois
et de ferraille le corps des deux aviateurs.

Trop tard! en quelques minutes tout a flambé.

De l'énorme masse que Georges et Jacques viennent d'abattre, il
ne reste plus que des cendres et des morceaux de fer tordus. Des
deux aviateurs qui le montaient, il ne subsiste plus que des débris
à demi calcinés.

Les vainqueurs se préparent, eux aussi, à la descente. Fatalité!
l'appareil semble ne plus vouloir obéir.

« Une des commandes de direction est cassée, crie Georges.
Nous piquons du nez, nous sommes fichus.

— Que faire, mon vieux?

— Te sens-tu capable de te hisser sur le plan supérieur?

— Oui.

— Alors grimpe vivement, couche-toi sur la toile et essaye de
faire manœuvrer à la main le panneau de direction. »

Jacques, leste comme un écureuil, exécute le mouvement.

L'équilibre est rétabli, l'appareil se redresse, plane, et vient
enfin se poser sur le sol.

Des poilus qui se dirigent vers les premières lignes ont assisté au
combat aérien.

Ils ont vu la manœuvre hardie qui a sauvé les deux aviateurs de
la chute mortelle.

« Hourra! hourra pour le monoplan! crient-ils. Bravo, les petits
gars! »

*
* *

« J'ai tenu ma promesse, Jacques. Il fait encore jour, et tu vas
pouvoir regagner ta tranchée avant la nuit. Es-tu content de ta
promenade?

— Enchanté, mon vieux grand. J'aurai donc tout vu, la guerre
sur terre et sous terre, la guerre sur mer et sous mer, la guerre
là-haut...

— Il ne te reste plus qu'à mourir.

— C'est peut-être le sort prochain qui nous est réservé.

— Tu parais lugubre aujourd'hui?

— J'ai le pressentiment d'un malheur.

— Nous risquons, il est vrai, d'être, d'un moment à l'autre, volatilisés par l'un de ces gros obus qui passent au-dessus de nous et éclatent dans les environs. Une éclaboussure suffirait pour nous expédier *ad patres*.

— En première ligne, Georges, c'est effroyable. C'est une pluie ininterrompue de 77.

— Il nous faut cependant résister à cet ouragan de fer, dont le but est la prise de Verdun.

— Ils ne passeront pas.

— Non, ils ne passeront pas, et nous en reviendrons. Nous sommes nés sous une bonne étoile.

— La mort ne me fait pas peur.

— Je le sais, Jacques.

— Ce qui m'effraye, c'est la pensée de laisser Odette.

— Ce qui pourrait m'enlever du courage, c'est la pensée de laisser Blondinette.

— Mon petit Georges!

— Mon vieux frère! »

Les deux jeunes gens se serrent la main, longuement.

« Dans le grand corps à corps qui se prépare, Georges, notre destin est écrit. S'il faut mourir, nous mourrons en vrais soldats de France, face à l'ennemi, emplissant jusqu'à la dernière minute nos yeux de l'image chère de ceux que nous aimons. »

Jacques et Georges viennent de s'arrêter près du cimetière militaire, déjà bien grand, où dorment des privilégiés, ceux qui ont une tombe que l'on pourra retrouver.

Combien, hélas! reposent dans un grand trou, horrible fosse commune, entassés pêle-mêle avec des chevaux éventrés!

Combien ont disparu dont on ne saura jamais rien!

Les femmes et les enfants en deuil, les pauvres vieux parents en pleurs, pourront au moins, triste consolation, venir après la guerre chercher ici les restes des glorieux morts pour la patrie.

Tête nue, les deux officiers s'inclinent devant les tombes, petits tertres de terre que surmonte une croix de bois sur laquelle on lit une inscription à demi effacée par la pluie et la neige. Au pied gît un képi à la couleur passée.

Des marmites éclatent au-dessus du cimetière, bouleversant les petites tombes nues, les profanant.

« Pauvres petits gars, murmure Jacques, ils ne peuvent même pas dormir en paix ! »

CHAPITRE XV

DANS L'ENFER DE VERDUN

1. Attaque et contre-attaque. — 2. Pensées lointaines. — 3. Au poste de secours. — 4. A l'ambulance.

Jacques est sur le chemin du retour.

La nuit est venue.

Dans l'obscurité, des soldats suivent la route défoncée par les obus.

Ils vont, sans un mot, figures graves, ombres muettes dans le fracas de tonnerre qui couvre tout, les cris d'agonie, les plaintes des blessés, le roulement incessant des camions automobiles qui, sur la route voisine, se suivent sans interruption, portant à l'avant les vivres et les munitions.

Ils vont, et quand une marmite éclate au milieu d'eux, semant la mort, faisant le vide, ils s'arrêtent, hésitent, puis repartent.

Les blessés et les morts ont été posés sur le rebord du chemin, les autres continuent leur route.

Ils vont là-bas renforcer les premières lignes.

Ils vont, croisant des blessés dont les uns, ceux qui peuvent marcher, se dirigent lentement vers l'arrière, dont les autres sont étendus sur des brancards.

Un obus aveugle vient parfois achever ces mourants, ces mutilés, tuer les dévoués brancardiers qui cherchaient à les arracher
à l'enfer.

Jacques a pu rejoindre enfin les batteries qui continuent à vomir
de la mitraille.

Le jeune officier a retrouvé le commandant.

« Je vous croyais tué, lui dit celui-ci.

— En compagnie d'un de mes amis, j'ai fait la chasse à un
avion ennemi, que nous avons abattu. Je cours rejoindre mon poste.

— Vous allez traverser une zone dangereuse, terriblement bat-
tue par l'artillerie ennemie de tous calibres. Nous avions démoli
les pièces dont vous nous aviez signalé l'emplacement. D'autres,
surgies de je ne sais où, dirigent sur nos lignes un feu d'enfer. Je
n'ai jamais assisté à pareil bombardement. C'est à devenir fou.

— Les Boches préparent une attaque fantastique.

— Nous allons bien les recevoir. Où êtes-vous installés?

— Sur la deuxième crête, en face de vous, mon commandant.

— Que votre commandant reste en communication avec nous
au moyen des signaux optiques. Les agents de liaison ne peuvent
plus venir jusqu'ici. Quant au téléphone, il n'existe plus. Tout a été
saccagé... Bonsoir et bonne chance.

— Bonsoir, mon commandant. »

La nuit est noire, mais le ciel est constamment illuminé par les
réflecteurs qui fouillent la plaine, par les fusées, par les projectiles
qui éclatent.

Grâce à ce demi-jour, le jeune officier peut retrouver sa route
sur le sol ravagé, déchiqueté, labouré. Il roule dans des trous
profonds. Il heurte des cadavres. Il ne retrouve plus les points de
repère qui lui avaient servi à se guider l'après-midi. Il ne retrouve
plus les tranchées. Elles ont été nivelées, et les survivants se sont
terrés dans un trou, creusé à la hâte.

Après plusieurs heures de marche rampante, de sauts, de dégrin-
golades, Jacques arrive enfin à la première ligne.

La tranchée n'existe plus.

Et cependant M. Dubail, entouré de ce qui reste de la compagnie, attend stoïquement les ordres.

Jacques s'est glissé auprès de lui.

« D'où viens-tu, traînard? Tu peux te vanter de nous avoir fait bien peur. Nous te croyions mort. »

Le jeune officier met rapidement le capitaine au courant de ce qui s'est passé. Il s'inquiète de ce que l'on va faire.

« J'attends Yvert. Il est allé chercher des ordres auprès du colonel. Le voici justement. Quelle décision a été prise, Yvert?

— Il faut se replier jusqu'à la deuxième crête, mon capitaine, s'abriter dans les tranchées...

— Il n'y en a plus.

— On creusera un boyau à la hâte, Jacques. Et ensuite, Yvert?

— Il faudra cesser le feu, faire taire notre artillerie, attendre que les Allemands avancent, ce qui se produira sans doute au matin. Lorsqu'ils ne seront plus qu'à deux cents mètres de nos nouvelles positions, nous les faucherons avec nos mitrailleuses et nos 75.

— Bien. Nous allons nous replier. »

L'ordre est transmis rapidement.

Un peu en arrière de la deuxième crête, les hommes ont creusé des trous dans lesquels ils s'enfouissent.

Au petit jour, pensant avoir anéanti hommes et matériel par son furieux bombardement, l'ennemi fait cesser le tir de son artillerie. Il se prépare à faire donner son infanterie.

« Mettez vos masques, » crie tout à coup Jacques à ses hommes.

Roulant au flanc de la colline, un nuage bas de gaz asphyxiants vient d'atteindre la première crête. Poussées par le vent, les vapeurs délétères gagnent la deuxième crête, la dépassent.

« La précaution était bonne, mon lieutenant, dit Many à Jacques.

— Ce n'est pas tout, mon vieux camarade. A la longnette, je distingue en avant des troupes d'assaut, qui se préparent à nous attaquer, des équipes de lanceurs de liquides enflammés. Les bandits!

— Nous allons, dans un instant, leur percer leurs casseroles, mon lieutenant.

— Attention, mes enfants, ils se mettent en marche. »

Le nuage de gaz s'est dissipé. Des masses grises s'avancent vers la crête abandonnée.

Rien ne les arrête. Rien, pas un coup de fusil, pas un crépitement de mitrailleuse, pas un coup de canon.

Les Allemands bondissent alors jusqu'à la tranchée bouleversée. Ils ne trouvent que des cadavres.

Ils poussent des cris sauvages, des cris de victoire.

« *Vorwaerts!* crient les officiers.

— En avant! murmure M. Dubail. Attendez un peu. »

Des lanceurs de jets s'avancent, portant sur le dos le réservoir à liquides, engin de guerre que des Barbares seuls pouvaient inventer.

Ils dirigent leur lance vers la deuxième crête que viennent lécher quelques flammes.

Un coup de sifflet strident déchire l'air, donnant le signal du carnage.

Les 75 rugissent, nos mitrailleuses déroulent leur bande avec un tatatata... sec et lugubre, la fusillade recommence sur toute la ligne.

Les lanceurs de jets s'effondrent. Le liquide coule des appareils troués et s'enflamme. Des hommes, torches vivantes, tournent comme des fous, jettent le réservoir, arrachent leurs vêtements, se roulent à terre pour tenter d'éteindre le feu, se tordent, hurlent, se consument.

Il y a un arrêt, une hésitation dans les vagues d'assaut que déciment les balles et les obus.

La première vague, formée de masses compactes, s'élance.

Prise de flanc et de face, elle ne peut aller loin, elle s'écroule.

Une deuxième surgit, qui subit le même sort.

Les survivants, privés de chefs ou n'obéissant plus aux ordres ou à la menace, oscillent, vont et viennent comme des bêtes affolées par l'orage. Ils hésitent, courent de l'avant, se retournent, fuient.

L'attaque a été brisée.

On part pour la contre-attaque.

L'ordre a été donné de s'emparer du village d'où les batteries adverses nous bombardaient la veille et d'où sont parties les vagues d'assaut allemandes.

Quand sifflent les balles des mitrailleuses, les hommes se collent contre terre, s'aplatissent pour se faire le plus menus possible.

Roulant au flanc de la colline, un nuage bas de gaz asphyxiants vient d'atteindre la crête.

La rafale est passée.

On repart, et quand recommence l'horrible bruit affolant, d'une obsédante régularité, on se colle contre terre, on disparaît dans un trou d'obus.

Par bonds successifs, en semant sa route de morts et de blessés, on atteint enfin l'objectif indiqué.

⁎

Comme les flots de la mer sur les rochers de la côte, de nouvelles vagues d'assaut viennent sans cesse déferler jusqu'aux premières maisons du village reconquis la veille.

Profitant d'une accalmie, le lieutenant-colonel Lejeune, le commandant du régiment, a réuni les officiers survivants dans un coin de l'église en ruine.

De taille moyenne, une forte moustache grisonnante barrant une figure énergique, le lieutenant-colonel Lejeune, qui a remplacé le colonel tué en Champagne, est le type du vieux soldat, sachant mourir pour obéir à une consigne.

Il s'est assis devant une table boiteuse, sur laquelle il pose une feuille de papier.

« Le village que nous occupons, messieurs, barre la route que les Allemands veulent prendre pour se diriger sur le fort de Douaumont. Pour permettre au commandant de la place de Verdun d'organiser la défense en arrière de nous, il nous faut résister ici quatre jours. Nous n'avons pas le droit de nous replier avant ce délai; l'ordre est net, je viens de le recevoir. Je compte sur vous, messieurs, et sur nos braves soldats pour vous faire tuer sur place. »

Jacques est retourné à sa compagnie.

Le capitaine a répété aux hommes les paroles du colonel.

« Puisque notre sacrifice est nécessaire à la France, a-t-il ajouté, nous défendrons le village jusqu'à la mort. Ne comptons plus que sur nous. Demain tout ravitaillement sera rendu impossible. »

Pendant trois jours, l'héroïque bataillon, que les ennemis encerclent peu à peu, résiste aux assauts répétés, au bombardement de plus en plus intense.

Les hommes mangent ce qu'ils peuvent trouver et quand ils peuvent.

Harassés de fatigue, ils tombent parfois, comme une masse, sur le sol, sur les pierres des maisons en ruine transformées en redoutes. Ils dorment quelques heures d'un sommeil de brute, puis ils retournent au massacre, sans un mot, sans une plainte.

Jacques est resté debout au milieu de ses soldats, leur donnant l'exemple continuel de la bravoure, leur prodiguant les encouragements.

« Ménagez vos cartouches, mes enfants, nous avons encore une journée à tenir. »

Tous ces braves gens ont été conquis par la simplicité, la bonne humeur, l'étonnant mépris de la mort du jeune officier, qui s'est montré pour eux, comme là-bas en Champagne, plus un ami qu'un chef.

Son fidèle Many, en racontant son passé glorieux, n'a pas d'ailleurs peu contribué à lui gagner l'estime et l'affection de ceux qui l'appellent encore familièrement « le petit ».

Le soir du troisième jour, après une fatigante journée de combats presque corps à corps, Jacques, réfugié dans une cave, écrit une lettre à Odette.

Ma bonne grande amie,

Depuis trois jours nous sommes encerclés dans un village. Une seule route nous est encore ouverte pour échapper à l'enserrement total, un ravin qui conduit vers Douaumont, mais nous n'avons pas le droit de nous en aller encore.

Demain seulement nous pourrons nous replier. Demain toute communication sera peut-être coupée? Demain je serai peut-être mort?

Jusqu'ici, par miracle, j'ai pu échapper.

Cette lettre vous parviendra-t-elle, petite amie? Je ne sais pas.

Vous ne douterez cependant pas que ma pensée, fuyant l'enfer de Verdun, s'est évadée souvent, qu'elle est allée loin, bien loin, vers mes amis, vers ceux qui forment ma famille, vers vous surtout, petite Odette.

Vous connaissez assez la si douce et si profonde affection que j'ai pour vous pour ne pas douter, même si vous ne receviez pas cette lettre, qu'à cette heure suprême comme à toutes les heures décisives de ma vie de soldat, j'ai encore rêvé de vous.

Je vous vois, je vous entends, et l'illusion est douce, consolante.

Ce soir encore, profitant d'un moment de répit que nous laissent les Allemands, je me laisse bercer par ce rêve, mais la sensation est pénible, parce qu'il me semble que ce rêve n'aura pas de lendemain.

Bientôt, Odette, dans un instant peut-être, quand on m'appellera, je m'arracherai à cette affection.

Je redeviendrai le chef, le soldat, et en guidant ceux qui forment mon autre famille, j'oublierai un peu ceux que j'ai laissés là-bas.

Oublier! le puis-je?

Non, Odette. Mais quand nous faisons ensemble la même besogne journalière sous la pluie de balles ou sous la mitraille, quand nous volons ensemble à la mort, quand nous risquons de tomber dans la même ruée, la pensée des êtres chers n'est pas aussi impérative. Elle s'estompe un peu, sans disparaître complètement. Il le faut, d'ailleurs, si l'on ne veut rester sans force et sans courage en face du danger.

Alors je vous appartiens moins, je suis plus à mes hommes.

Vous ne m'en voudrez pas, Odette, vous si bonne.

N'est-ce pas le rôle du chef de se donner à ses soldats, tout entier? C'est un devoir à remplir, c'est une consolation à glaner.

Si vous saviez comme ils sont admirables, tous ces hommes qui, mourant de faim et de soif, insensibles à la pluie, à la neige, au froid, restent stoïques sous les bombardements les plus furieux, sous les assauts les plus acharnés!

Cette guerre a fait naître des chevaliers, dignes descendants des preux partant pour les croisades, des soldats de Marignan, tout caparaçonnés de fer, eux et leurs chevaux, des saveliers de 1793, vainqueurs de l'Europe coalisée.

L'arrière ignore leurs prouesses, leur vaillance, leur abnégation.

Si vous saviez aussi comme ils m'aiment, tous ces gosses de dix-huit ans, nouvelles recrues, qui, les premiers jours, s'accrochaient à moi chaque fois qu'un obus sifflait, en criant : « Mon lieutenant... mon lieutenant... en v'là un! »

Si vous saviez comme ils m'aiment, tous les vieux papas dont je partage la vie, tous ces réservistes ou territoriaux que n'effraye pas plus aujourd'hui un éclatement de 420 qu'un coup de fusil !

Mon secret est bien simple.

Je me suis rapproché d'eux, ils se sont rapprochés de moi.

Chez ces hommes, quelquefois frustes et rudes, il y a cachés des trésors de tendresse et de dévouement qu'il faut savoir découvrir.

C'est cette bonne affection réciproque et désintéressée qui aide à supporter momentanément la privation d'autres affections.

Le jeune homme s'est arrêté d'écrire.

Many vient d'entrer.

« Mon lieutenant, les Allemands attaquent.

— Encore ! toujours !

— Leur effort paraît se porter de notre côté. Ils ont rétabli des tranchées souterraines écroulées et se sont emparés d'un îlot de maisons en pénétrant par les caves.

— J'y vais, Many. »

Hâtivement Jacques termine sa lettre.

Je vais me battre. Vive la France ! Je pense à vous.

    Votre grand ami.

Il plie le papier et le glisse dans son portefeuille.

« Si je n'en reviens pas, Many, et si vous n'êtes pas tué, il y a là une lettre à remettre à Mlle Odette, dit le jeune officier, très calme.

— Bien, mon lieutenant. »

*
* *

On se bat corps à corps dans la nuit. On se bat corps à corps sous terre, dans un noir plus sombre, plus triste encore.

Comme l'avait annoncé Many, les Allemands se sont emparés des premières maisons du village.

Les Français reculent devant le nombre, défendant cependant pierre à pierre, cave à cave, les ruines où ils s'étaient établis.

C'est la fusillade à bout portant, c'est un duel à la grenade, c'est, dans l'obscurité, une lutte où l'homme reste seul avec son courage.

Personne ne vous voit, personne ne vous regarde, personne ne vous encourage, personne ne vous donne l'exemple.

« C'est l'heure du travail en chambre, » comme dit un luron de la compagnie.

De l'autre côté d'un mur de jardin derrière lequel se tiennent M. Dubail, Jacques et quelques hommes, une masse sombre s'avance.

Un tonnerre de détonations, des éclairs. Et la masse s'arrête, se replie. Bientôt elle revient à la charge.

Jacques pousse soudain un grand cri.

Une grenade vient d'exploser sur le mur, à hauteur de ses yeux.

« Je ne vois plus, dit-il, je ne vois plus. »

Many, qui ne l'a pas quitté, lui prend la main.

« Venez, mon lieutenant.

— Cours jusqu'au poste de secours, Jacques, va te faire soigner.

— Je ne vois plus, mon cher maître, murmure plaintivement le jeune homme.

Docilement il se laisse conduire.

Le poste de secours est installé dans une cave. C'est là que les médecins font, à la hâte, aux blessés, qui arrivent nombreux, des pansements sommaires.

Le médecin-chef regarde Jacques, examine les yeux, hoche la tête, se tait.

« Je suis aveugle, murmure le jeune officier.

— Un œil seulement paraît bien atteint, mon petit.

— Je ne vois pas de l'autre.

— La vision reviendra avec du temps et des soins. »

Jacques n'écoute plus le médecin. Il a senti que la main de Many l'abandonnait. Le brave garçon est tombé, pris de faiblesse.

« Qu'avez-vous, Many? demande Jacques, oubliant sa souffrance.

— Une balle dans la poitrine, mon lieutenant. »

Le lieutenant-colonel Lejeune vient d'entrer.

Il s'approche de Jacques.

« Vous êtes blessé aux yeux, Vaillant?

— Oui, mon colonel, répond Jacques, qui a reconnu la voix de son chef. Je voudrais savoir... mon colonel... N'ont-ils pas encore encerclé le village?

— Pas encore. Pourquoi cette question?

— Je ne voudrais pas tomber vivant entre leurs mains, je ne voudrais pas retourner là-bas...

— Je vous comprends. Vous allez partir, mon enfant, partir tout de suite. Demain, dans une heure, toute liaison sera rompue avec l'arrière. Les éléments qui défendaient le ravin ont reçu l'ordre de se replier. »

Le colonel s'est tourné vers les blessés.

« Vous allez partir, mes petits. Nous, nous restons. Nous devons tenir encore un jour, nous avons encore le temps de nous faire tuer. Peut-être ne nous reverrons-nous plus! Je veux vous embrasser avant que vous ne nous quittiez. Je suis fier, mes camarades, d'avoir commandé des soldats tels que vous. »

Un à un les blessés qui peuvent marcher sont venus près du chef qui, tout pâle, leur donne l'accolade.

Un genou à terre, il embrasse ensuite ceux qui sont étendus sur des brancards ou des matelas.

Le colonel a pris les mains du jeune officier. Il attire Jacques tout contre lui et le presse contre sa poitrine.

« Au revoir, Vaillant, ou adieu. Dites bien là-bas que nous tiendrons jusqu'à demain. »

Quelques instants plus tard un long et funèbre défilé commence. Des ombres passent sans bruit dans le ravin.

Les blessés glissent sur l'herbe, tombent dans des trous, se heurtent à des cadavres, à des obstacles de toutes sortes. Ceux que l'on porte sur une civière ou à dos d'homme endurent les pires souffrances. Pas une plainte, pas un gémissement, pas un cri cependant.

Chez tous, c'est la même volonté implacable, c'est le même désir : échapper à l'ennemi.

Il est là, à quelques pas, rôdant dans la nuit, n'osant s'attaquer, par crainte d'une embuscade, au chemin silencieux.

S'il pouvait deviner que les troupes qui la défendaient ont évacué cette position, que seuls d'inoffensifs blessés s'y faufilent à cette heure, se hâtant vers l'arrière, il couperait le seul lien qui unit encore aux nôtres les vaillants défenseurs du village.

Jacques ferme la marche, guidé par Many qui le tient par la main. Le jeune officier a voulu partir le dernier.

Il s'arrête bientôt, las, désespéré. Il se sent impuissant à continuer sa route.

« Je ne peux plus avancer, Many, je me sens défaillir. Partez seul.

— Vous abandonner! Jamais, mon lieutenant!

— Allez, Many, allez, je vous l'ordonne.

— Un effort, le dernier, mon lieutenant. Nous avons à peine cent mètres à parcourir avant d'atteindre les lignes françaises. Le jour commence à poindre, et je les aperçois.

— Je ne peux plus, je ne peux plus... »

Le jeune officier s'écroule, tombe sur les genoux.

Many le soutient.

« Mon lieutenant, mon lieutenant! » gémit-il.

Brusquement le brave garçon s'est redressé. On crie derrière eux, on parle, on marche.

Les Allemands viennent d'occuper le ravin.

Des balles sifflent, on les a vus.

Alors, sans souci de sa blessure qui le fait horriblement souffrir, Many saisit son officier à bras le corps. Il le tient dans ses bras, comme une mère tiendrait son enfant.

Dans un effort surhumain, il bondit en avant avec le précieux fardeau.

Il tombe, se relève, repart, retombe un peu plus loin, se relève encore, puis s'abat enfin, définitivement vaincu.

*
* *

Dans un grand souterrain qu'éclairent des lampes à pétrole, les derniers blessés arrivent, pâles, souvent inertes, les vêtements, les mains, la tête souillés de boue et de sang.

Des femmes, de dévouées infirmières de la Croix-Rouge, les déshabillent, les nettoient.

« Du courage, mon enfant, ce ne sera pas long. »

Les dents serrées, la sueur leur perlant au front, les malheureux supportent stoïquement la douleur. Quelques-uns s'évanouissent.

D'autres gémissent doucement comme de petits enfants. D'autres hurlent, tant les fait souffrir le moindre heurt, le moindre mouvement.

Affairés, les médecins vont de l'un à l'autre. Ils font des piqûres calmantes aux uns, ils en pansent rapidement d'autres.

Ils s'arrêtent parfois devant un lit.

« D'urgence à la salle d'opération, » déclarent-ils.

Et peu à peu le calme renaît dans la salle pleine de martyrs.

Les uns se sont endormis pour l'éternité; les autres, vaincus par la fatigue, se sont assoupis.

Sous le bombardement fou, sous les assauts répétés et furieux des vagues allemandes, ils tenaient depuis quatre jours, et leur raison a chaviré.

Depuis quatre jours ils mangeaient à peine, ne dormaient pas.

Ils ont maintenant une paillasse, des draps, une couverture. Ils ont le calme après la tempête.

Ils se laissent engourdir par ce bien-être, et, pour un moment, leur souffrance leur paraît sourde, lointaine, éthérée.

En un rêve ils voient passer des coiffes et des robes blanches, ils voient des visages souriants se pencher sur eux.

Parfois aussi ils revivent les heures d'angoisse passées.

Alors un cri, un cri rauque, un hurlement sauvage, sort de leur bouche crispée.

« Les Boches! les Boches! on les aura! ils ne passeront pas. »

Une main glisse sur leur front, un mouchoir essuie la sueur, une voix murmure :

« Dormez, mon petit, reposez-vous.

— Maman! ma femme! mes petits! »

Et le blessé se rendort.

Many vient de s'éveiller. Il regarde autour de lui, effaré. Il cherche, il se souvient.

« Mon lieutenant! où est mon lieutenant? crie-t-il.

— Je suis là, Many, près de toi.

— Où sommes-nous donc?

— A Verdun.

— Sauvés! »

— Sauvés grâce à toi, mon brave camarade.

— Que s'est-il passé? Je sais que je vous ai emporté...

— Les Allemands nous avaient pris pour cible. A quelques mètres des lignes françaises, tes forces t'ont trahi. Tu es tombé, tu t'es évanoui. Tommy, le brave chien de notre bataillon, nous avait suivis. Il a galopé, hurlé, jappé. Les nôtres nous ont aperçus, et l'on est venu nous chercher.

— Et voilà!

— Et voilà! c'est simple, c'est fou, c'est beau.

— Quoi, mon lieutenant?

— Ton dévouement, Many.

— Je ne pouvais vous laisser. Qu'auraient dit les camarades s'ils avaient appris que je vous avais lâchement abandonné, vous, notre lieutenant que nous aimons tant? Qu'auriez-vous dit vous-même? Et Mlle Odette, et Mlle Blondinette, qu'auraient-elles pensé de moi?

— Donne-moi la main, Many. A partir d'aujourd'hui nous sommes deux frères, et tu me tutoieras.

— Moi... vous tutoyer!

— Ce sera ta punition.

— Je ne pourrai pas, mon lieutenant.

— Je suis ton chef, et tu dois m'obéir.

— C'est bien, mon lieutenant, laissez-moi seulement le temps de m'habituer. »

Le médecin-chef de l'hôpital souterrain, qui fait sa tournée quotidienne, vient interrompre la conversation.

Il s'est approché du lit des deux amis.

« Lieutenant Vaillant, dit-il, j'ai prévenu votre famille. Nous vous ferons évacuer demain sur Saint-Étienne avec votre sauveur, que l'on vient de citer, ainsi que vous, à l'ordre du jour de l'armée.

— Merci, monsieur le major, pour lui et pour moi. Avez-vous annoncé aux miens ce que j'avais?

— J'ai dit la vérité, Vaillant. Un œil est perdu, brûlé par l'explosion de la grenade. Nous pourrons sans doute sauver l'autre.

— Sans doute?

— Si je vous parle aussi franchement, un peu brutalement

même, c'est que je vous sais, Vaillant, un homme énergique auquel il siérait mal de farder la vérité. Nous avons déjà eu l'honneur de faire connaissance à Marseille. Vous étiez atteint de dysenterie.

— Il me semblait reconnaître votre voix, monsieur le major.

— Soyez patient, prudent, et vous ne serez peut-être pas tout à fait aveugle.

— Aveugle! murmure Jacques.

— Aveugle! répète douloureusement Many.

— Quant à votre sauveur, continue le major, il l'a échappé belle. Une balle a traversé le poumon droit, une autre s'est logée près de la carotide. Rien de bien dangereux, j'espère.

— Le village où nous étions tient-il toujours?

— Il est encerclé, Vaillant, et nous n'avons plus aucune communication avec ses héroïques défenseurs. »

Le soir même, le général commandant la place de Verdun est venu lui-même attacher une nouvelle palme sur la croix de guerre de Many. Sur la poitrine de Jacques il a placé la croix d'officier de la Légion d'honneur, qui remplacera celle de chevalier.

« Je suis heureux, lieutenant Vaillant, de pouvoir vous remettre cette décoration si chèrement payée, si vaillamment gagnée. Le docteur nous laisse cependant un espoir, celui que vous ne perdrez pas complètement la vue.

— Je ne pourrai plus servir, mon général.

— Vous avez rempli votre devoir, tout votre devoir, mon petit.

— Et mes camarades, que sont-ils devenus? Le savez-vous, mon général?

— Leur mission a été remplie jusqu'au bout. Le village est maintenant aux mains de l'ennemi.

— Par qui a-t-on appris cette nouvelle?

— Par les journaux allemands, qui rendent hommage à nos héros.

— Le colonel Lejeune?

— Il est vivant. Il a gardé son épée.

— Et mon capitaine, le capitaine Dubail?

— Il est mort.

— Mort! Oh! mon bon maître, vous qui m'avez appris à tant aimer la France, vous êtes donc tombé en la défendant! C'est affreux, mon général, tous ces deuils, toutes ces souffrances! Mon maître! mon cher maître! Pauvre femme! pauvres enfants! »

CHAPITRE XVI

TOUS RÉUNIS

1. Noble décision. — 2. Le retour de Jacques. — 3. Un autre heureux. 4. Vers l'avenir.

Odette et Blondinette n'ont pas quitté la gare de Saint-Étienne depuis trois jours, depuis qu'elles ont appris l'affreuse blessure de Jacques par cette lettre du médecin-chef :

« Lieutenant Vaillant grièvement blessé aux yeux. Un œil paraît perdu. Un espoir reste de sauver l'autre. Le lieutenant Vaillant a été promu officier de la Légion d'honneur. Il sera transporté à Saint-Étienne dès que son état de santé le permettra, dans quelques jours sans doute. »

Au reçu de cette carte, tous avaient pleuré à la maison.

Odette, malgré sa douleur, demeurait la plus vaillante.

« Il revient vivant, avait-elle dit, c'est le principal.

— Il sera sans doute aveugle, Odette, c'est plus terrible que la mort. Jamais, non, jamais je n'avais songé à cela ! Mon pauvre petit frère !

— Il revient vivant, Blondinette, et si le mal est irrémédiable, nous serons là pour lui faire oublier sa terrible infirmité. Nous serons là pour le soigner et pour le guérir.

— Tu l'aimes donc toujours, Odette, même aveugle, même défiguré?

— Ce n'est pas à l'heure où il nous revient, triste épave de la guerre, tout meurtri, tout souffrant, que je vais l'abandonner, petite sœur. Ce n'est pas quand il a besoin d'un bras pour s'appuyer que je vais lui refuser le mien. Jacques, vois-tu, Blondinette, était tout pour moi. Depuis toujours j'ai admiré son courage au travail, ses efforts, son grand cœur, son amour du devoir. J'avais foi en lui. Il me revient plus cher encore.

« N'a-t-il pas tout quitté, avenir et affections, pour aller défendre la France, nous défendre? Il avait échappé à la mort bien des fois. Prisonnier, il aurait pu attendre là-bas la fin de la guerre. Au prix de mille peines, il s'est évadé, et, à peine rentré ici, il a voulu retourner au front. J'ai souffert beaucoup ce jour-là, mais je me suis inclinée devant sa décision.

« S'il avait été tué, j'aurais vécu avec son souvenir, je l'aurais pleuré toute ma vie. Il me revient, aussi faible qu'un enfant qui a toujours besoin de sa mère, puisque le destin cruel voudra peut-être qu'il ne voie plus rien de la belle nature, des visages chers. Mes yeux seront les siens, Blondinette.

« Dans le grand chemin de la vie, j'avais rêvé de m'appuyer sur lui, si fort, de me laisser conduire par lui, si aimant et si dévoué. C'est moi qui serai le guide, et tu verras comme l'existence lui sera encore riante et belle. »

La jolie tête blonde est venue tomber sur l'épaule d'Odette.

« Oh! petite sœur, comme je t'aime!

— Le devoir est là, Blondinette, et le devoir me sera bien doux à remplir.

— Que diront M. et Mme Gaspard?

— Ils m'approuvent, Blondinette. Si j'étais assez égoïste pour agir autrement, ils me maudiraient. Regarde plutôt, petite sœur. »

Les bons parents étaient là. Ils avaient entendu toute la conversation, ils tendaient les bras à Odette.

« Tu es une vraie fille de France, ma chérie.

— Mon papa!

— Il était digne de toi. Il l'est plus encore aujourd'hui. »

*
* *

Le long des quais de la gare de Saint-Étienne, un train sanitaire vient de s'arrêter. Les infirmières ont pris d'assaut les wagons. Elles vont porter des friandises aux blessés, elles vont aider ceux qui doivent descendre.

« Par ici, mademoiselle Odette, voici M. Jacques. »

Un médecin-major, ami de M. Bontemps, veille au débarquement. Il a aperçu le jeune officier.

« Jacques est là ! » murmure la jeune fille, qui porte la main à son cœur en pâlissant subitement.

Dans l'encadrement d'une portière le jeune homme apparaît, les yeux bandés, soutenu par un infirmier.

Quatre petites mains ont saisi les siennes.

« Jacques ! mon Jacques !

— Mon petit frère !

— Odette ! Blondinette ! Vous m'attendiez donc ?

— Depuis trois jours nous n'avons pas quitté la gare. D'un moment à l'autre pouvait arriver le train qui devait vous ramener, et nous voulions être les premières à vous recevoir.

— Mes chéries ! mes chéries ! murmure Jacques.

— Nous avons obtenu l'autorisation de te faire placer dans notre service, mon petit frère. C'est nous qui te soignerons, et si bien, si bien que tu guériras.

— Guérir, Blondinette, je le voudrais. Être aveugle, se débattre pour toujours dans la nuit, une nuit éternelle, c'est pire que la mort. Ne plus vivre que de souvenirs amers, se sentir réduit à n'être plus qu'une bête inutile, encombrante, être condamné à l'infinie solitude, quel avenir morne, triste, désolant !

— Mon petit frère, mon Jacques, si tu savais...

— Si je savais ? »

Odette a mis un doigt sur la bouche. Blondinette se tait.

« Vous sentez-vous capable de marcher, Jacques ?

— Oui, Odette, à la condition que l'on me guide.

— Prenez mon bras, grand ami. Nous retournerons à la maison

à pied. Il fait sec, et le soleil, quoique pâle, nous réchauffera un peu.

— Je dois me rendre à l'hôpital.

— J'ai la permission de vous garder toute cette journée avec nous. Vous ne rentrerez que demain matin. N'est-ce pas, monsieur le major, que nous pouvons l'emmener? »

Le médecin, qui passait à ce moment près des jeunes gens, s'est arrêté, souriant, près du groupe.

« Emmenez-le, mademoiselle Odette. Soyez là, sans faute, demain matin à neuf heures. Je tiens à faire examiner immédiatement M. Vaillant par un spécialiste.

— Et Many, docteur?

— Nous faisons transporter votre brave ami à l'hôpital. On lui réservera une place à côté de vous.

— Merci, docteur.

— Au revoir, monsieur Vaillant, et à demain. »

Le jeune officier, appuyé sur le bras d'Odette, quitte la gare respectueusement salué par les voyageurs, les officiers et les soldats qui le croisent.

« Mâtin! murmure un poilu permissionnaire, il va un peu fort, le gosse! Officier de la Légion d'honneur, la Croix de guerre avec deux palmes et une étoile. Il n'a pas dû moisir longtemps dans les dépôts, celui-là! »

Et l'homme des tranchées, à la figure hâlée, aux vêtements gris de boue et de poussière, au casque légèrement bossué, se met au garde à vous et salue longuement l'officier qui ne peut le voir.

Odette a fait signe à Blondinette de partir en avant.

« Où est donc Blondinette? demande Jacques, je ne l'entends pas.

— Elle est partie annoncer à la maison votre arrivée.

— Je ne vous ai pas demandé des nouvelles de tous.

— Tout le monde va bien, Jacques, tout le monde pleure depuis trois jours.

— Vous aussi, Odette?

— Je suis la plus vaillante.

— Cela ne vous effraye donc pas que je sois aveugle, Odette?

15

« — Vous ne l'êtes pas encore, grand ami. Il vous reste un espoir.

— Si vain, Odette, si vain... que j'ai déjà arrangé ma vie, murmure sourdement le jeune homme.

— Puis-je savoir quelles décisions vous avez prises ?

« — Je vous rends votre parole, Odette, je renonce à la joie de vous donner mon nom, de vous consacrer toute ma vie, car je ne veux pas, je ne dois pas encombrer la vôtre. Je ne le dois pas, je ne le dois pas. »

Les yeux d'Odette se sont emplis de larmes. Elle a senti tressaillir le bras de Jacques, et, au son de la voix étranglée du jeune homme, elle a compris combien grande était cette douleur, combien dur ce sacrifice.

« Vous oublierez, Odette, celui qui avait rêvé d'être plus que votre grand ami... Vous trouverez une autre affection... vous vous marierez... Gardez-moi une toute petite place en votre cœur. Parfois, quand vous songerez au passé, réservez-moi une pensée, versez pour moi une larme.

— Jacques ! mon Jacques !

— Odette !

— Vous me faites souffrir inutilement. Depuis que nous avons appris le malheur qui vous frappait, j'ai réfléchi, Jacques. Je vous connaissais assez, je connaissais assez votre loyauté pour deviner que vous me proposeriez de me rendre ma parole.

— C'est mon devoir.

— Le mien est de ne pas la reprendre, Jacques.

— Odette ! Odette ! Je ne dois pas.

— Vous savez, Jacques, combien Georges et Blondinette s'aiment. Si votre ami revenait demain, affreusement mutilé comme vous, que penseriez-vous d'une Blondinette abandonnant celui qui plus que jamais a besoin d'une consolante affection ? L'approuveriez-vous ?

— Non.

— Je fais simplement ce que Blondinette devrait faire. Je le fais par devoir, pour que vous ne vous débattiez pas seul dans la nuit éternelle, pour que vous ne viviez pas que de souvenirs, comme vous le disiez il n'y a qu'un instant, méchant ami. Je le fais parce que vous avez besoin maintenant d'un guide, pauvre être inutile et encombrant. Vous ne serez pas condamné à la solitude, et votre avenir ne sera pas triste, morne, désolant.

— Odette ! ne raillez pas.

— Et puis, Jacques, je le fais encore, je le fais surtout parce que je vous aime toujours, parce que je vous aime plus qu'avant.

— Vous me donnez donc encore le droit d'être heureux, petite amie bien chère ?

— Vous ne mériteriez pas d'avoir ce bonheur, méchant, puisque vous vouliez le repousser...

— La tâche ne sera-t-elle pas au-dessus de vos forces ?

— Taisez-vous, Jacques, taisez-vous... Je croirais autrement que vous ne connaissiez pas le cœur de votre petite amie. »

*
* *

Un mois s'est écoulé depuis le retour de Jacques à Saint-Étienne.

Après une délicate opération, après un long séjour dans une chambre obscure, le jeune officier a pu obtenir l'autorisation d'enlever définitivement le bandeau qui lui couvrait les yeux.

L'œil droit, complètement perdu, ne verra plus. L'œil gauche est redevenu normal.

Les heures d'attente avaient paru à Jacques longues, péniblement longues.

Pourrait-il revoir Odette, revoir les siens, revoir le ciel bleu, les grands arbres, les fleurs ?

Tout le jour il devinait autour de lui la présence de Blondinette et de son amie. Celle-ci s'asseyait souvent près de son lit. Elle lui prenait la main, et Jacques ne se sentait plus seul, et Jacques se reprenait à espérer.

Le jour où pour la première fois le jeune homme eut le droit de retirer son bandeau dans la chambre noire, il eut comme un éblouissement.

Il voyait.

Odette et Blondinette étaient là près de lui, attendant, anxieuses, le résultat du premier essai.

« Je vous vois, cria le jeune homme, je vous vois comme avant. Oh ! que je suis heureux ! »

Les séances furent peu à peu prolongées, et un moment vint où Jacques eut le droit de sortir de l'hôpital. Il était définitivement guéri.

Pour ne pas le tourmenter, on lui avait caché une mauvaise nouvelle.

Au cours d'un combat aérien, Georges, s'étant attaqué à un zeppelin qui voulait passer nos lignes, avait été poursuivi par trois avions ennemis qui accompagnaient le monstre.

Il avait été forcé de descendre précipitamment, et l'atterrissage avait été malheureux. Son appareil s'était plaqué sur le sol après une chute un peu brusque. Le jeune homme avait eu le pied gauche écrasé sous son moteur, et l'amputation avait été jugée nécessaire.

Il avait été opéré sur le front, puis transporté à Saint-Étienne.

Dans la première visite que Jacques rendit à son ami, il était accompagné d'Odette et de Blondinette.

« J'aurais bien voulu être auprès de toi le jour où tu t'es attaqué à un zeppelin, dit Jacques à Georges après les premiers moments d'expansion. Raconte-moi comment cela s'est passé.

— Bien simplement, mon vieux. Nous étions au repos, en arrière de Verdun, quand subitement l'ordre arrive de nous mettre en chasse.

« On a signalé un départ de zeppelins.

« Dans le ciel, fouillé par les projecteurs, les guetteurs d'avions ont découvert une masse grise que l'on croit être un dirigeable.

« C'en était un, en effet, qui volait vers Paris.

« La nuit était belle. Quelques nuages couraient dans le ciel, une brume légère couvrait le sol.

« Je saute sur mon coursier, celui que tu connais bien, et je grimpe vite à trois mille cinq cents ou quatre mille mètres.

« Je n'aperçois rien. J'écarquille cependant les yeux.

« Les phares de mes camarades, en chasse eux aussi, brillent seuls autour de moi comme des étoiles mobiles et toutes proches.

« Me voici pris tout à coup dans l'aveuglante route de lumière tracée par un projecteur. Le jet se déplace, et tous les rayons viennent converger sur une masse grise qui roule dans l'espace, non loin de moi.

« C'est le zeppelin.

« Je vous vois, je vous vois comme avant. Oh ! que je suis heureux ! »

« Je pique sur lui. Il disparaît comme par enchantement, absorbé par les nuages. Je continue ma route dans une ouate épaisse, je vais droit devant moi, au risque de l'éperonner.

« Sur le fond des nuages, argentés par les rayons des réflecteurs qui ont de nouveau happé le monstre, je distingue une tache pâle.

« C'est lui.

« Je descends à une allure folle.

« Patatras ! Je me trouve nez à nez avec trois avions boches qui me criblent de balles. Mon réservoir à essence est transpercé. Je n'ai plus qu'à fuir et à dégringoler.

— Pas de veine, mon pauvre vieux ! Tu as raté une belle occasion d'abattre un zeppelin.

— J'ai eu la joie de le voir tomber. Pendant que l'on me transportait à l'ambulance, le pied en bouillie, les canons antiaériens bombardaient le dirigeable.

« Un obus est venu le broyer à l'avant.

« Nous avons aperçu une tache rouge qui a grandi très vite.

« L'énorme masse, bientôt tout à fait incandescente, ressemblait à une gigantesque lanterne vénitienne. Elle s'est pliée en deux, puis s'est placée verticalement, en chandelle.

« Quelques minutes plus tard, la torche immense s'écrasait sur le sol.

« Des milliers de flammèches flottaient autour de l'endroit où gisaient les débris du zeppelin, formant un tas de plusieurs mètres de haut.

— Cette vision a été pour toi une consolation.

— J'avais oublié que je souffrais.

— Bientôt tu seras complètement guéri, et tu ne penseras plus aux misères passées.

— Je suis estropié.

— D'autres le sont aussi, mon pauvre Georges.

— Odette ne te repousse pas. Moi, Jacques, j'ai peur,... j'ai peur que Blondinette ne veuille plus de moi. »

Ces paroles ont été prononcées à voix basse. Blondinette, très occupée à disposer dans un vase les fleurs apportées pour son cher malade, à ouvrir et à ranger sur la table de nuit les paquets de friandises, Blondinette les a cependant entendues.

Elle rougit, et Jacques sourit en la regardant.

« Demande-le-lui toi-même, Georges, » dit-il malicieusement.

Blondinette a tendu les mains au vieux camarade de son frère.

« Puis-je faire autrement, murmure-t-elle, que de suivre l'exemple de mon amie Odette?

— Les temps ont changé, mademoiselle ma sœur. Je me souviens d'une époque où Odette et toi ne vouliez pas entendre parler de ce pauvre Georges. »

Blondinette baisse les yeux.

« Méchant frère, dit-elle, pourquoi rappeler ce passé si lointain? Alors nous ne connaissions pas Georges... C'était notre excuse. »

*
* *

Jacques et Georges ont été réformés tous les deux.

Ils se désolent de ne pouvoir continuer à se battre.

Le premier voulait encore servir dans un fort, le deuxième parlait d'offrir ses services comme observateur à bord d'un avion.

« Vous avez payé votre dette, leur a dit M. Gaspard. Vous n'êtes pas sortis indemnes de la tourmente, puisque vous êtes mutilés, glorieusement mutilés. Il en est d'autres qui peuvent plus utilement que vous servir la France, les armes à la main.

— Vous devez épargner de nouvelles larmes à ceux, à celles surtout qui vous chérissent.

— Tu as raison, Bontemps, mais ils doivent penser aussi que si leur tâche de soldat est terminée, il en est une autre qu'ils sont aptes encore à remplir.

« La guerre finie, ce sera la lutte commerciale, industrielle, agricole.

« Après la victoire des armes, il nous faudra remporter la victoire économique.

« Pendant que nos héroïques soldats préparent la première, nous, ici, préparons la seconde.

« Si nous voulons vaincre sur le terrain économique ceux que nous combattons aujourd'hui, il nous faudra des commerçants, des agriculteurs, des industriels, des ingénieurs meilleurs que les leurs, car pour cette lutte-là ils étaient, vous le savez, aussi bien outillés que pour l'autre.

« Mettez-vous à l'œuvre dès aujourd'hui, reprenez vos études interrompues. Vous étiez deux excellents élèves tous les deux, soyez encore meilleurs, si cela est possible. »

Au mois d'octobre, Georges et Jacques sont donc entrés à l'École des mines de Saint-Étienne, où ils ont reçu de leurs professeurs et de leurs camarades un chaleureux accueil.

Pour préparer leur avenir, pour préparer celui de la patrie, ils se sont mis courageusement au travail.

Leur ami Grandjean est toujours en croisière dans la Méditerranée.

Many, réformé lui aussi, est maintenant contremaître sous les ordres de M. Bontemps. Sa femme et ses enfants sont venus habiter Saint-Étienne.

« Je suis heureux, a dit le brave garçon, je ne quitterai plus mon lieutenant.

— Ton lieutenant! s'est récrié Jacques.

— Mon camarade, mon ami, » a rectifié Many.

Mme Bontemps et Mme Gaspard ont enfin retrouvé la quiétude. Si elles pleurent encore bien souvent, c'est en pensant aux amis disparus, c'est en pensant à ceux qui tombent tous les jours.

Odette et Blondinette s'occupent toujours des blessés, auxquels elles prodiguent leurs soins avec bonheur.

M. Gaspard consacre son temps aux œuvres de guerre. Il continue à remplir sa tâche de brave homme.

Il n'a pas oublié les prisonniers, ses frères de martyre, et c'est à eux, surtout, que s'adresse sa sollicitude.

Pour leur envoyer de quoi vivre et de quoi se vêtir, il fait appel à la charité de tous. Il va lui-même quêter dans les milieux fortunés, il organise des matinées et des conférences.

Il parle, il évoque le souvenir douloureux de ses mois d'exil, il dépeint la vie monotone et pénible de ceux qui se meurent dans les prisons allemandes, il dit les souffrances de nos blessés, il montre les orphelins sans pain ni feu dans leur maison vide.

« Là-bas, tout là-bas, en Allemagne, agonisent nos enfants. Ils

tendent vers nous leurs pauvres mains amaigries en criant : « J'ai
« faim. » Donnez pour eux, vous qui avez plus que le nécessaire,
donnez pour nos chers blessés, donnez pour tous les misérables,
donnez pour les petits mignons dont le papa est tombé en vous
défendant. »

L'appel est vibrant, il est clamé avec force, avec persuasion,
avec chaleur,

Les yeux se mouillent de larmes, les cœurs se serrent et les
bourses s'ouvrent.

A ses heures de loisir, M. Gaspard, pour se délasser un peu,
s'occupe de l'instruction et de l'éducation des petits de Mme Dutertre.
La gentillesse et l'affection des trois enfants lui rendent bien douce
cette tâche éducative.

En travaillant au présent, en préparant l'avenir, on oublie un
peu les heures affreuses du passé.

TABLE DES MATIÈRES

PREMIÈRE PARTIE

AVANT LA GUERRE

DEUXIÈME PARTIE

PENDANT LA GUERRE

10-17

SOCIÉTÉ ANONYME D'IMPRIMERIE DE VILLEFRANCHE-DE-ROUERGUE

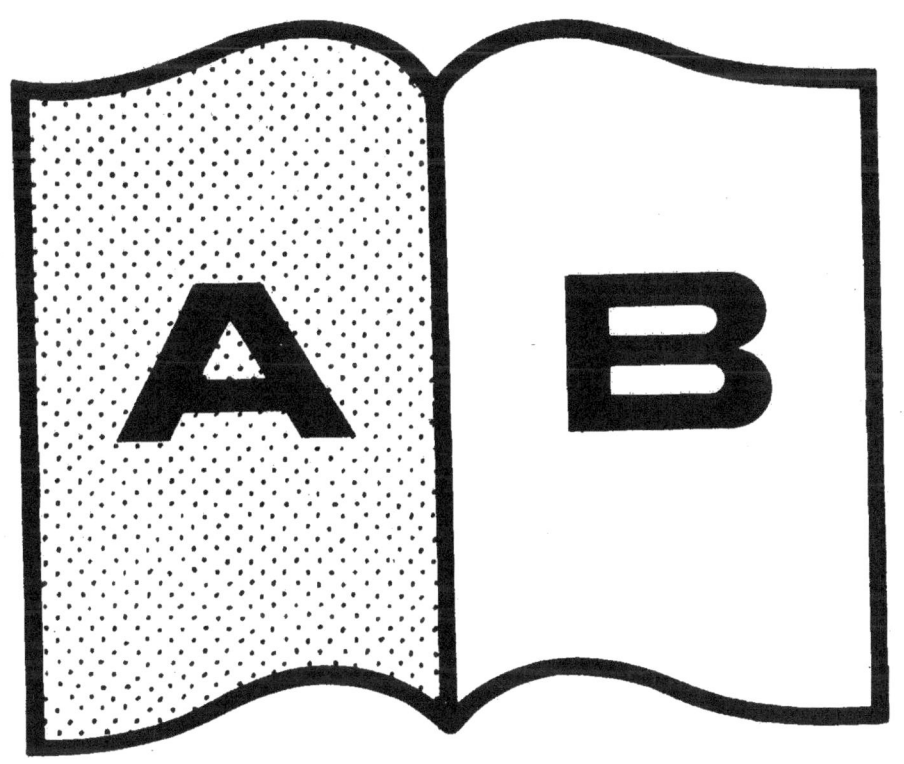

Contraste insuffisant

NF Z 43-120-14

www.ingramcontent.com/pod-product-compliance
Lightning Source LLC
Chambersburg PA
CBHW061435030726
47503CB00005B/1427